AF139395

DIE SALZSCHWÄRZER VON ALSBERG

Erstveröffentlichung: Orbensien
Nachdruck: BOD.de

Roman

von Josef Paul

Die Salzschwärzer

Ein Roman aus dem Spessartwinkel

2012 Erstveröffentlichung
Kommissionsverlag Orbensien
Bad Orb im Spessart

Nachdruck: 2014 BOD.de Nov. 2014

Herstellung und Verlag: BoD – Books on Demand, Norderstedt ISBN 978-3-7347-0432-1

Bibliografische Information der Deutschen National-bibliothek

Die Deutsche Nationalbibliothek verzeichnet diese Publikation in der Deutschen Nationalbibliografie; detaillierte bibliografische Daten sind im Internet über „http//dnb.d-nb.de" abrufbar.

Die Texterfassung erfolgte durch Schülerinnen und Schüler der Klasse 12 FBF im zweiten Ausbildungsjahr an der "Kinzig-Schule", Berufliches Schulzentrum Schlüchtern, MKK" als Übungsarbeit innerhalb des bürotechnischen Unterrichts unter Anleitung von
Frau Gaby Döppner durch Vermittlung von
Frau Josefine Wolf.

Vorwort

26 Jahre weilte ich in dem landschaftlich so herrlichen Spessartwinkelgebiet, in meinem geliebten Bergdörflein.

Verwachsen war ich mit der Natur und den Menschen, kannte jeden Weg und Steg, jeden Vogel und jedes Tier, die vielen bewaldeten Kuppen, Kegelberge, die idyllischen Waldtäler und Schluchten. 26 Jahre lebte ich mit den Dörflern zusammen, teilte Freud und Leid mit ihnen, kannte ihre Eigenarten, die guten und die schlechten, bewunderte ihre zähe, verbissene Liebe zur heimatlichen Scholle, ihre schwere Arbeit in Wald und Feld, lernte ihren goldenen Humor kennen und fühlte mich ganz als einer der ihren. Tief drang ich in die Vergangenheit des Bergdörfleins und des Winkelgebietes ein, trug tropfenweise die geschichtlichen Geschehnisse aus Bibliotheken, Chroniken, Urkunden und Berichten alter Väter und Großmütterchen zusammen und schrieb zwei ansehnliche Bändchen. Typische, hartschädelige Bauerngestalten, markante Persönlichkeiten, die im Gemeindeleben eine

große Rolle spielten, längst verstorbene aber in der Überlieferung fortlebende Dorforiginale, hagere, zähe Waldarbeiter
begegneten mir auf Schritt und Tritt. 26 Jahre waren mir die Kinder der Bergleute anvertraut, durfte ich sie formen und bilden, sie zu anständigen, fleißigen und pflichtbewussten Menschen erziehen.

So reifte denn in mir der Plan, meinem geliebten Bergdörflein in dem Roman „Salzschwärzer" ein bleibendes Denkmal zu setzen. Eine typische Bauerngeschichte wollte ich schreiben. Das Leben in einem kleinen Bauerndorfe it all seinen Licht-und Schattenseiten, die harte, schwere Arbeit des von der Außenwelt abgeschlossenen Bergwaldbauern, seine verbissene, zähe Anhänglichkeit und Liebe zur heimischen Scholle, alte bäuerliche und dörfliche Sitten, längst vergessenes Brauchtum sollten in dieser Bauerngeschichte gegenwartsnah vor die Augen der heutigen Generation treten. Bauer und Natur sind miteinander verwachsen. Natur-und Landschaftsschilderungen schieben sich daher immer wieder in die Bauerngeschichte ein.

Beim Durcharbeiten der Gemeindeprotokolle und Armenpflegschaftsakten stieß ich auch auf das „Salzschwärzen", das Schmuggeln mit Salinensalz, das grade in jenem Gebiete vor 150 Jahren an der bayerisch-kurhessischen Grenze in hoher Blüte stand. So gab ich denn meinem Bauernroman den Titel „Die Salzschwärzer."

Meinen Dank spreche ich dem Bürgermeister Philipp Pfahls aus, der mir bereitwilligst alle alten Gemeindebücher zur Verfügung stellte. Danken möchte ich auch den Hochw. Patres Bonifatius und Theoderich OFM für die Einsichtnahme in die alten Pfarrakten. Ich hoffe, dass mein Buch vielen einen besseren Einblick in das arbeitsreiche Leben des Bauern früherer Jahrzehnte vermitteln und den Lesern recht angenehme Stunden bereiten möge.

Bernbach, den 15. September 1953

Josef Paul, Hauptlehrer

Anmerkung:
Natursalz war und ist über Jahrtausende ein sehr wichtiges und bis zur Einführung der Kühlgeräte in den 1950, bis zur industriellen Salzgewinnung, ein kostbares Gewürz gewesen. Es diente zur Lebensmittelkonservierung und es war teurer als Gold. Ohne Salz kann Mensch und Tier nicht existieren:

In der Wirtschaft des Bergdörfleins herrschte frohes Leben. Gläser klingen und lautes Stimmengewirr dringt in die Stille der Nacht. Der gute, echte „Zwetschen-und Kornbranntwein" aus der eigenen Brennerei des Winkelwirtes bringt das Blut in Wallung, hebt die Stimmung. Eifrig ergreift man die gefüllten Humpen und Maßkrüge und spricht dem „Bayerischen" tüchtig zu. Schmunzelnd eilt der beleibte Winkelwirt zum Fassl, die geleerten Maßl zu füllen und mit einem milich weißen Schaum seinen beliebten Stammgästen vorzusetzen. In schwingend reinem Glockenbasstone erschallt sein „Prosit" in die mit Tabaksqualm geschwängerte Wirtsstube.

„Ja, ja, der Seppl, das is ein Prachtkerl, ein Sapperlotsbursch, ein gar schlauer Fuchs. Der passt in die Welt, der führt die Grenzer all an der Nas' rum und hilft mir den Säckel füllen", denkt der Winkelwirt.
Er hebt sein Glas und ruft dem Burschen sein kräftiges Prosit zu: „'s ist heuer ein besonders guter Tropfen! Wohl bekomm's Seppl!"

„Ha, ha, ha", lacht er im wohlklingendsten Basse den Gästen zu.

Seppl, ein kräftiger, schöner Bursche mit schwarzem, lockigem Haar, dem fein gedrehten Schnurrbart und feurigen Augen steht im Mittelpunkte der Stammgäste, die sich um den Tisch am warmen Kachelofen niedergelassen haben. Seppl steht bei ihnen in hohem Ansehen. Noch vor einem Jahre trug er die schmucke Uniform der leichten Reiter, der Chevaulegers. Die Residenz München war seine Garnison und vor dem königlichen Schlosse durfte er Posten stehen. Und wenn er auf Weihnachtsurlaub kam, jubelte ihm Alt und Jung zu. Wenn er dann in seiner eleganten grünen Paradeuniform, im schweren Raupenhelm, mit rasselndem Schleppsäbel und hohen glänzenden Reiterstiefeln sporenklingend durch die Dorfstraßen marschierte, dann flogen alle Fenster auf und Mädel und Frauen kokettierten mit ihm in liebenswürdigster

Art. Seppl hatte städtisches Wesen mit in sein Bergdorf gebracht und heute noch warfen ihm die Dorfschönen die verliebtesten Blicke zu.

Die Kath, die Lies, die Gret, die Thres, die Kuni, alle suchten sie die Gunst Seppls zu erwerben. Und wie beneideten sie die Sef * vom Berglenehof, die nun doch als einzige den Glückstreffer gezogen hatte. Und ein Tänzer war Seppl wie in der Nachbarschaft weit und breit keiner zu finden war. Wenn er mit seiner Sef im Galopp durch den Saal wirbelte, da flogen nur so die Beine durch die Luft, berührten kaum den Boden und helle Jauchzer ertönten. Ein gar stattliches

Mädel war aber die Sef vom Berglenehof.

Und wenn sie in ihrem bunten Mieder, dem kurzen blauen Faltenröckchen, mit ihrem wippenden Gange durch das Dorf eilte, dann folgten ihr aus jedem Hause verstohlene Blicke der Dorfburschen. Dabei war sie von nicht allzu großer Figur, hatte einen schön geformten Busen, pechschwarzes Haar und dunkle funkelnde Augen. Ihr Herz war voller

Fröhlichkeit und ihr Lachen ertönte in allen Tonarten in die Dämmerstunden. Für jeden hatte sie einen lieben Blick und ein freundliches Wort. Seppl war wirklich zu beneiden. Doch auch auf die anderen Burschen und Mädels übte Seppl eine eigenartige Anziehungskraft aus. Er war auch ein ganzer Kerl, der sich vor nichts fürchtete.

Und wenn sich beim Winkelwirte die Gemüter zu sehr erhitzten, wenn nach altbayerischer Art mit Biergläsern und Stuhlbeinen gekämpft wurde, dann war er der rechte Mann am Platze und sorgte im Nu für Ruhe und Ordnung.

Mahnend wirft ab und zu die kugelrunde Wirtin einen prüfenden Blick nach der laut tickenden Schwarzwälder Wanduhr, deren Zeiger heute wieder einmal allzu rasch der Feierabendstunde zueilen. Doch die frohen Gesellen lassen sich nicht stören, ihre Stimmung wird immer ausgelassener.

„Net zu laut, ihr Bursche, sonst kommt der alte Naaz* und bietet Ruhe", ruft die Wirtsfrau den Burschen zu.

Naaz bläst grade die mitternächtliche Stunde an und ruft in altgewohnter monotoner Art seinen Wächterspruch in die Nacht. Am Tage amtierte er als Schweinehirt
im Bergdorfe und nachts versah er die Wächterdienste. Doch trank er den Branntwein des Winkelwirtes selbst zu gern und so kam es nur zu oft vor, dass er als Polizeidiener die Gesetze nicht allzu streng nahm und mit den fröhlichen Zechern gemeinsame Sache machte.

„Der Naaz, Lene Bas, der Naaz, der tut uns nichts. Der is froh, wenn er wieder einmal richtig mit uns trinken darf. Den lass nur kommen. Ein paar Kännchen und er sieht wieder einmal alle Geister tanzen und geht überhaupt nicht mehr heim!"

„Na, na, ihr Bursche, der Naaz fürcht sich net vor Geistern

und Gespenstern, sonst täte net alle Nacht so ganz
allein zu jeder Stund, bei Wind und Wetter, bei Dunkelheit und Mondenschein durchs Dorf gehe. Und gar erst in
de Geisterstund! Do gehört doch Mut zu! Na, des glaub
euch net, der Naaz kennt kei Furcht!"

„Lene Bas, do kann ich euch net recht gebe", widersprach
der lange Max. „Ihr wisst doch selbst noch zu gut,
wie der Naaz sellemol von Seideroth kam und vom Leibhaftige geritte wurd. Es war schon dunkel geworde und
bei der Seideröther Katherine hatte er dem Branntwein zu
stark zugesproche. Nu wockelte er so ganz langsam es
Steinefeld entlang unserem Dörfche zu. Weil er aber
immer bei uns so geprahlt hat, er würd sich net vor Ge-
spenster fürchte, da sollte an sellem Abend mol en gehö-
rige Streich gespielt bekomme. Grad schlug die Kir-
cheuhr die Mitternachtsstunde, als er torkelnd aufs Päd-
che einbog. Da sprang hinter einem Busch sein Nachbar,
der Senge Adolf, der ein langes, weißes Hemd über seine
Kleider gezoge hatte, raus, hängte sich dem Naaz auf den
Rücken, umklammerte mit seinen Armen den Hals des
Naaz und hakte sich mit seinen Beinen an dessen Ober-
schenkeln fest. Dabei fauchte und blies er wie der wilde
Jäger. Bas, da hättet ihr den alte Naaz sehen sollen! Der
war auf einmal nüchtern geworde, rief all die Heilige an,
bekreuzte sich in einem fort und dachte, der Leibhaftige
hinge an seinem Buckel. Angstschweiß lief an seinen
Backen runter, er keuchte unter der schweren Last und
rannte wie ein Besessener davon. Wie aus dem Wasser
gezoge kam der todmüde Naaz mit angstvoll stierenden
Augen und seiner drückenden Bürde am Dalles an und
hatte vor Aufregung gar nicht bemerkt, dass ihn der
Leibhaftige losgelassen hatte und hinter Häusches Birn-
baum

verschwunden war. Der Naaz konnte nicht schnell genug die Treppe hinauf ins Hirtehäusche komme. Der war kuriert und blieb für ne Zeitlang daheim. Und da meint ihr auch noch, der fürcht sich net? Na, na, Lene Bas, do seid ihr aber irr, der fürcht sich wie e klei Kind!"

Alles brach in lautes Lachen aus. Auch die Wirtin konnte dem nicht widerstehen und ihr dickes Bäuchlein geriet in Wallung, sodass ihre darauf ruhenden gefalteten Hände auf und abtanzten.

In diesem Augenblicke stolperte aber auch schon der alte Naaz, ein langer, hagerer Greis im Wintermantel mit aufgestülptem Kragen und Pelzkappe, sein Wächterhorn an der Seite hängend, den langen Spieß in der Rechten, die schwelende Laterne in der Linken, seine langen, struppigen Barthaare mit Eiskrusten behangen, zur Wirts-stube
herein.

„Feierabend!"

Mit strenger Amtsmiene musterte er alle Gäste.

„Vetter Kilian", rief Seppl dem Wirte zu, „gebt dem Naaz ein Kännchen Zwetschen. Er hat so schön geblasen und in der Kälte mächtig gefroren. Da muss er sich erst wärmen und auftauen!"

„Feierabend", ertönt ein zweites Mal die gestrenge Stimme des pflichtbewussten Nachtwächters. „Mit nem Schnaps könnt ihr net die Polizei bestechen und zur Nachgiebigkeit verleiten!"

Doch Vetter Kilian kam schon mit einem gefüllten Kännchen Zwetschen und mit tiefer Bassstimme erschallte
dem Naaz sein Prosit entgegen. Noch einmal traf alle Burschen ein strafender Blick aus den weißen Augen des Nachtwächters, aber seine Rechte griff schon nach dem dargereichten Glase und in einem Zuge verschwand der feurige Zwetschen in der durstigen Kehle. Der getreue Nachtwächter ließ sich auf die Bank nieder und zechte nun in bester Laune mit der ausgelassenen Gesellschaft fröhlich weiter.

Es ging schon den frühen Morgenstunden zu, als Seppl endlich zum Aufbruche mahnte. „Also, Kameraden, morgen
Abend pünktlich erscheinen! Treffpunkt: Schönbornskopf!
Grenzübergang am Jägersheiligen! Und nun,
gute Nacht miteinander!"

Die Gaststube leerte sich und feste Tritte hallten durch die Stille der Nacht. Hier und da erschallte das Kläffen eines Hofhundes und hörte man die rostigen Riegel der Haustüren schnarren.

Wie verabredet stellten sich am andern Abend die Schmuggler ein. Kalt pfiff der rauhe Ostwind, rötete Wangen, Nasenspitzen und Ohren, presste Tränen aus den Augen und ließ den Hauch an den Barthaaren gefrieren.
Der Himmel war mit grauen Wolken behangen, ab und zu lugte der Mond aus den Wolkenfenstern in die Dunkelheit. 'S war just das rechte Wetter für die Salzschwärzer.

Schon oft hatten sie diese nächtlichen Grenzübergänge
unternommen. Mit allen Schleichpfaden waren
sie vertraut, kannten auch bis ins Kleinste die Gewohnheiten
der Grenzer. Seppl war ihr Anführer, auf ihn
vertrauten sie blindlings. Immer wieder hatte er die
Schmuggelware über die Grenze gebracht und noch nie
war es zu einem Zusammenstoß mit den Grenzern gekommen.
Daher gingen auch alle seine Schwärzer für ihn
durchs Feuer.

In dem dichten Unterholze am Schönbornskopfe wurde
noch einmal kurz Rat gehalten, jeder erhielt von Seppl
genaue Anweisungen. Hier waren sie vor den verhassten
Grenzern sicher, hier lag auch die Schmuggelware in
Säcken wohl verwahrt. Das begehrte Salinensalz aus Orb
sollte wieder einmal ins Kurhessische wandern. Wohl
hatte auch das nahe Kurhessenstädtchen Soden früher
einmal seine Salinenwerke und Siedeanstalten gehabt,
war aber in der Zeit, wo es als fuldischer Besitz infolge
Geldmangels seines geistlichen Fürsten an den Kurstaat
Mainz verpfändet war, um diese reiche Einnahmequelle
gekommen. Kurmainz hatte nur Interesse an seinen eigenen
Quellen in Orb. Aus ihnen suchte es möglichst viel
Nutzen zu ziehen. Daher wurden die gepfändeten Quellen
in Soden vernachlässigt. Die Salzquellen wurden zuge
worfen und durften auch nach der Einlösung der Pfand-
schaft nicht wieder in Nutzung genommen werden, sodass die Salzgewinnung vollkommen brach lag. Niemand
wusste mehr, wo einst die Salzwasser zu Tage getreten
waren. Salinen und Siedeanstalten waren verschwunden.
So konnten grade hier an der kurhessisch-bayerischen

Grenze reger Schmuggel mit Salz betrieben werden.

Seppl stand inmitten seiner Gesellen.

„Kaspar und Max, schleicht euch zur Grenze vor, stellt fest, ob alles dort in Sicherheit ist. Auf euren Eulenruf werden wir den Marsch zur Grenze antreten."

Vorsichtig schoben sich die beiden durch das Unterholz. In gebückter Stellung schlichen sie zur Grenze, ab und zu stehen bleibend, mit Aug' und Ohr scharf beobachtend.
Auf sie konnte sich Seppl verlassen, sie hatten nun als ehemalige Aschaffenburger Jäger wieder eine Gelegenheit, ihre Kenntnisse unter Beweis zu stellen. Lange beobachteten sie die Grenzlinie und patrouillierten sie streckenweise ab.

Seppl erteilte währenddessen die letzten Anweisungen. Da ertönte mehrmals der Ruf der Eule. Jeder ergriff seinen Salzsack, der mit schweren Gurten versehen war und daher leicht wie ein Rucksack auf dem Buckel getragen werden konnte, schulterte ihn auf, ergriff die bereitliegende
Reisigwelle, die zur Verschleierung des Salzsackes auf denselben gelegt wurde, und steckte seinen Bergstock durch die Welle. Nur zu leicht hätte so die Bande mit heimkehrenden Holzern verwechselt werden können. Vorsichtig näherte man sich dem Jägersheiligen. Schon öfters hatten sie hier die Grenze mit „schwarzem Salze" überschritten. Trotz aller Sicherheit war doch äußerste Vorsicht geboten. Keiner der Bande wollte den bayerischen
Grenzern in die Finger fallen und die goldene Freiheit

mit der dumpfen Gefängniszelle vertauschen.

Kurz vor dem Austritte aus dem Unterholze wurde
noch einmal kurze Rast gehalten. Knacken und Brechen
von Ästen und Zweigen ließ die Schwärzer aufhorchen.
Gespannt lugten die zehn Gesellen in die Nacht hinein.
Sollten nicht doch etwa die verhassten Grenzer sie in eine
Falle gelockt haben?

Rasch wich die entstandene Aufregung. Nicht Grenzer
waren die Ursache dieser Störung. Ein Rudel Schwarzwild, das in dem dichten Unterholze gelagert hatte und
Wind erhielt, raste in wilder Flucht dem Hochwalde zu.
Gemächlich überschritten nun die Schmuggler im Mon-
denscheine die Grenze.

„Gewonnen", rief Seppl seinen Gesellen zu. „Nun ist
nichts mehr zu befürchten. Hier im Kurhessischen sind
wir sicher und geborgen. Hier patrouillieren keine
Schnüffler. Der Kurfürst von Kassel ist nicht auf die paar
Steuergroschen angewiesen. Er ist einer der reichsten
deutschen Fürsten. Daher gönnt er auch gerne seinen
Gendarmen und Grenzern die wohlverdiente Nachtruhe.
Nun können wir uns in altgewohnter Art unterhalten und
plaudern. Noch ein paar Minuten Marsch und unsere
Kameraden aus dem Kurhessischen werden unsere begehrte Ware übernehmen."

In fröhlicher Unterhaltung zog die Bande den Berg
hinunter dem Waldausgange zu. Durch das Stangenholz
sah man schon von weitem den Schein eines Feuers auf-
leuchten. Um dasselbe lagerten bereits die Abnehmer aus
dem Kinzigtale. Rufe der Freude und Begrüßung wurden

16

beim Nähern gewechselt. Die Schwarzer des Bergdörfleins legten ihre Schmuggelware ab und ließen sich am
lodernden Feuer nieder. Ein kräftiges Frühstück wurde
eingenommen und die Schnapsflasche machte die Runde.
Erinnerungen wurden ausgetauscht. Das Feilschen um die
Ware begann. Doch war man sich bald handelseinig. Tag
und (Nacht-)Stunde des nächsten Grenzübertrittes wurden vereinbart und die beiden Banden trennten sich und
traten den Heimweg an.

In tiefem Schlummer lag das Bergdörflein als sich die
Salzschwärzer demselben näherten. Ab und zu warf der
Mond aus den dahinjagenden Wolken seinen fahlen
Schein hernieder und ließ die Umrisse der Häuser deutlich in Erscheinung treten. Am Eingange des Dorfes verabschiedete sich Seppl von seinen Gesellen. „Gute Nacht
miteinand. Schlaft wohl! Auf Wiedersehn bis Sonntag
beim Winkelwirt. Ich muss erst noch mal zu meiner Sef!"

Eilig schlich er zum Berglenehof. Moppi, der Hofhund,
sprang ihm wedelnd entgegen. Freudig hüpfte er an ihm
hoch und leckte den gern gesehenen, späten Besuch.

Vorsichtig warf Seppl ein kleines Steinchen gegen die
Fensterscheiben der Stube des oberen Stockwerkes. Leise
öffnete sich der Fensterflügel und der Lockenkopf seiner
geliebten Sef zeigte sich in der Fensteröffnung. Sie war ja
noch nicht zur Ruhe gegangen, sie wusste, dass ihr Liebster zu dieser nächtlichen Stunde zu ihr kommen würde.

„Seppl", flüsterte ihre zaghafte Stimme in die stille
Nacht, „bist du endlich da? Ich komme gleich runter!"

Leise schloss sie das Fenster und schlich katzenartig

die Treppe hinunter, schob geräuschlos den Riegel zurück und eilte flink trippelnd über den Hof zum alten Holzschuppen, dem Treffpunkte der abendlichen Zusammenkünfte.

„Oh mein Gott, Seppl, heut hast mich aber auf eine harte Geduldsprobe gestellt, heut hast mich allzu lange warten lassen. Weißt doch, wie sehr ich an dir hänge, wie gerne ich mit dir zusammen bin. Schon geht's auf Mitternacht zu und nun erst kommst du deinen Schatz besuchen. Vater und Mutter sind bereits seit Stunden zu Bett gegangen und ich hab mir die Augen in der Dunkelheit schier aus dem Kopfe geschaut. Ich meint grad, ich müsst dich herbeischauen. Geht denn 's Salzschwärzen vor dei Schatzel? Ich vergeh noch vor Sehnsucht nach dir."

„Na, na, mei Mädel, so schlimm wird's doch net sein. Kannst denn gar net abwarten bis i komm? Eilt's denn gar so sehr mei herzig Schatzel? Kommst scho auf dei Koste. Komm, lass das Schmollen sein!"

Sef lehnte ihr schwarzlockiges Köpfchen an Seppls Brust, umschlang mit ihren weißen, zarten Alabasterarmen seinen Hals und schaute mit ihren schwarzen Kirschenaugen sehnsüchtig an. Seppl presste sein liebestrunkenes Schätzel fester an sich, strich ihm mit der Hand durch das lockige Haar, schob ihr Köpfchen weit zurück, tätschelte ihre heiß glühenden Wangen und schaute ihr tief in die verführerischen, blitzenden Augen.

„Schau, Schätzerl, nun bin ich ganz für dich, nun sollst du reichlich entschädigt werden."

Ein Gefühl innigen Glückes beseelte die beiden jungen

Liebenden. Fieberhaft tobte der Pulsschlag der liebes-
trunkenen Sef, heftig pochte ihr überglückliches Herz, ihr
schön geformter Busen wölbte und senkte sich immer
schneller, fester presste sie sich an die Brust des geliebten
Mannes. Tiefer, bohrender drang Seppls Blick in die
dunklen, feurigen Augen seines Mädels, immer mehr
neigte sich sein Haupt hinab zu dem lockigen Mäd-
chenkopfe,
stürmisch presste er den heftig arbeitenden Busen
seines Liebes an seine Männerbrust und lange, lange
ruhte sein Mund auf den zarten Lippen des herzigen Mädels.
Augenblicke höchsten Glückes ließen die beiden
ganz in sich aufgehen. Moppi, der am Eingange des
Schuppens als treuer Wächter saß, ließ ab und zu einen
verstohlenen Blick zu den beiden Überglücklichen gleiten, als wüsste das treue Tier, dass hier niemand stören
dürfte.

Minuten hatten die beiden Liebenden so fest umschlun-
gen in ihrem Glücke verharrt. Plötzlich erwachte
Sef aus ihrem Glücksgefühle und löste sich aus der innigen Umarmung ihres Geliebten. Doch Seppl ergriff in
seinem Glückswahne Sefs rundes, glühendes Gesicht und
küsste unaufhörlich Mund, Wangen, Augen, Stirn und
Hals. Rasch eilte die Zeit dahin. Schon lange hatte die
Kirchenuhr die erste Morgenstunde des neuen Tages
verkündet. Lachend und glücksstrahlend ließ Sef diesen
heftigen Sturm von Küssen über sich ergehen. Ihre weißen
Zähne blitzten und die matt glänzenden Augen reizten
Seppl zu immer größerer Zärtlichkeit.

Endlich mahnte Sef zum Aufbruche. Bittend schaute

sie mit ihren bettelnden Augen ihren Geliebten an.

„Seppl, lass ab von den gefährlichen Grenzübergängen.
Kannst doch auch ohne Salzschwärzen leben. Tu's mir zu
lieb. Setzt unnötig dein Leben aufs Spiel. Ich muss mir
gar so große Sorgen um dich machen. Und eines Tages
schnappen sie dich doch, die verhassten Grenzer. Dann
stehe ich so ganz alleine da. Und wie werden's mir die
Leute gönnen! Die Lies und die Käth, die Junde und die
Madlene, all, all gönnen sie 's mir. Ach Seppl, ich darf
gar net dran denken. Ich muss mich so viel grämen, noch
schier tot weinen. Seppl, denk doch ein klein wenig an
mich, lass ab von dem gefahrvollen Treiben, ich bitt dich
von ganzem Herzen!"

„Arms Mädel, recht hast schon. Aber schau, s ist doch
so schön, den Malefizgrenzern einen Streich zu spielen,
sie immer auf's Neu an der Nas rumzuführen. Und ein
fein's Geschäft ist 's Schmuggeln und bringt recht viel
ein. Und schau, kriegen werden sie mich nicht, die verhassten Grenzer, da kannst versichert sein! Ich hab net
umsonst bei den Chevaulegers gedient. Ich werd schon
die gefährlichste Situation meistern. Und mei Mädel, zu
kurz kommst doch auch net. Hab dich doch von Herzen
gern. Na, Schatzerl, des darfst mer net verwehren, gell?"

Ein leiser Seufzer entfloh der Brust des bittenden Mädchens.
„Und nun, mein liebes Kind, wollen wir schlafen
gehen. 'S ist schon recht früh am Tage. Zitterst ja am
ganzen Körper, wirst mir sonst noch krank. Und wenn
Vater und Mutter dich bei so früher Morgenstunde bei
mir antreffen, gibt's a heilig Donnerwetter."
Noch einmal presste er seine Lippen auf ihren Mund,

streichelte Wangen und Lockenkopf des erregten Mädchens
und leise lösten sich die beiden. Sef eilte vorsichtig
schleichend zur Haustür und verschwand im Dunkel.
Seppl aber schlich sachte davon und schritt glückstrunken
seinem väterlichen Gehöfte zu.

Lange noch lag Sef in dem molligen Himmelbette,
wühlte ihr purpurrotes Gesicht tief in die Kissen hinein
und Tränen des Glückes, der Freude, aber auch der Sorge
um ihren geliebten Seppl benetzten dic schön gemuster-
ten
Überzüge echten, hausgewebten Leinens. Unruhig
wälzte sie sich in dem weichen Lager herum, bis sie endlich
in einen tiefen, wohltuenden Schlaf verfiel.

Aber auch Seppl brauchte heute nach all dem Erlebten
viel länger Zeit bis ihn ein erquickender Schlaf überkam.

Lustig knistern die Holzscheite im Kamine, die rußige
Petroleumslampe warf ihren matten Schein in die geräumige Bauernstube. Gleichmäßig tickte die alte Schwarzwälder Wanduhr in der Wandnische, deren Gewichtstein
sich an der Zugkette langsam dem Uhrenkasten näherte.
Um den alten, schweren Eichentisch, der in der Nähe des
Kamins stand, reihten sich vier schön verzierte Bauern-
stühle, während an der Wand hinter dem Tische eine
Holzbank befestigt war. Eine alte buntbemalte Eichentru-
he, die die Schätze der Bäuerin, Leib-und Bettwäsche
aus Hausmacherleinen und zinnerne Teller, Schüsseln
und Kannen barg, trug wesentlich zur Zierde der Stube
bei.

Den Ehrenplatz in der Wohnstube nahm der alte Webstuhl ein, an dem schlon einst der Großvater das gute Hausmacherleinen webte. Auch der jetzige Inhaber des Hofes war in dieser Hausindustrie bewandert. An den langen Winterabenden saßen die Bäuerin und die Tochter am warmen Kamine und spannen aus selbstgebautem Flachse die besten Fäden, die dann der Bauer zu fertigen Tuchen verarbeitete. Gar stolz waren sie auf diese kostbaren, wohlfeinen Waren.

Im Herrgottswinkel stand auf einem kleinen Brettchen ein Kruzifix, eine kleine Muttergottesstatue, zwei Leuchter mit Kerzen. Zu beiden Seiten knieten zwei betende Engel. Weihbüschel trugen zum weiteren Schmucke dieses religiösen Winkels bei. Bunte Heiligenbilder an den Wänden gaben Zeugnis von der frommen Einstellung der Hausinsassen.

Die saubere, gepflegte Bauernstube ließ auf den Wohlstand schließen, der auf dem gesamten Bauernhofe herrschte. Aus alteingesessenem Geschlechte, das schon über 200 Jahre den Hof bewirtschaftete, stammte der Bauer. Gar stolz war er auf seinen schönen Hof und wünschte sich von ganzem Herzen einen würdigen Nachfolger. Sef, die einzige Tochter des Hauses, war ihrer ganzen Art mehr der Mutter nachgefahren, versprach aber doch eine tüchtige Bäuerin zu werden.

Gar oft zeigte die breite Stirne des Bauern tiefe Falten, wenn er an die Zukunft seines Mädels dachte Und wenn er dann am Webstuhle das flink dahin sausende Schiffchen ruhen ließ und mit seiner am Ofen am Spinnrade

sitzenden Frau Zwiesprache hielt, konnte man nur zu oft
die Worte hören:

„Schau Mutter, ich muss heuer so oft an unser Mädel
denken. 'S wird nun langsam Zeit, dass sie sich nach
einem tüchtigen Manne umsieht, der so recht auf unseren
schönen Hof passt und all das unseren Nachkommen
erhält, was uns unsere Vorfahren in treue Hut übergeben
haben. Ich weiß manchmal gar net, was ich sagen soll.
Sind doch genug Freier in der Nachbarschaft, die gerne
auf unseren stolzen Hof einziehen würden, die auch wirklich
tüchtige Bauern sind. Warum muss nur immer wieder
Sef so abstoßend zu ihnen sein. Soll doch nicht so
wählerisch sein, sonst bringt sie doch den verkehrten
Mann heim. Ich verstehe das Mädel manchmal gar nicht.
Hat einen sakrisch dicken Schädel!"

„Ja Hannes, das wird schon seine Gründe haben. Net
jeder Mann gefällt unserm Mädel. Wird schon den rechten
heimbringen."

„Wie meinst das, Margret, ich weiß net, wie ich das
deuten soll. Sef hat wohl schon ihre Wahl getroffen? Darf
ich dann wissen, wer der zukünftige Schwiegersohn ist?"

„Na ja, wie man's nehmen will. Sef nimmt noch lang
nicht jeden, nimmt nur einen, den sie von Herzen lieb hat.
Sie lässt sich auch keinen aufschwatzen. Und schau Hannes,
da hat sie schon ihre Wahl getroffen. Nur einer
kommt für sie in Frage, der Seppl vom Waldhof, der
schönste und stattlichste Bursch im ganzen Dorfe," warf

die Bäuerin schelmisch zwinkernd ihrem Lebensgefähr-
ten zu.

„So, so", sagte nachdenklich Hannes und paffte den
blauen Rauch seiner halblangen Pfeife in die Luft. „Nun
verstehe ich auch das sonderbare Verhalten Sefs den
Freiern gegenüber. Und da werd ich noch nicht einmal
gefragt. Ist's schon so weit? Noch bin ich der Herr vom
Hofe."

„Aber Hannes, warum tust dich denn so aufregen? Du
willst doch nicht heiraten? Hast dir ja auch gesucht, wer
dir gefällt, net deinem Vater. Warum soll's dein Mädel
net grad so machen? Lass mit dir reden! Sei net gar so
wild."

„Ja Mutter, der Seppl is schon recht, ist ein schöner,
stattlicher Bursche, hat eine Bärenkraft und versteht auch
etwas von der Bauerei. Aber eins gefällt mir net an ihm.
Wenn er nur das verdammte Salzschwärzen unterließ.
Das taucht für einen Bauer nicht!"

„Na Hannes", warf Margret ein, „wird so schlimm net
sein. Seppl passt wie gemalt zu unserer Sef. E schönres
Paar gibt's net im ganzen Dorf. Könnt mir keinen besseren
Mann für unser Mädel wünschen. Und Geld hat er
doch auch. Brauchst dir doch keine unnötigen Gedanken
zu machen. Musst auch etwas aufs Äußere schauen. Oder
soll unsere Sef ihr Leben an der Seite eines Mannes
verbringen, den sie nicht leiden kann? Soll sie uns etwa
zeitlebens Vorwürfe machen? Na Hannes, so darfst net
denken. Alle Mädel im Dorfe beneiden unser Mädel um

diesen stolzen Menschen. Hast dir in deinen jungen Jahren doch auch ein hübsches Mädel gesucht, das dir gefallen hat und warst recht glücklich. Oder meinst net, Alter?"

Nachdenklich schaute Hannes vor sich hin, seine breite Bauernstirn zeigte tiefe Falten. Eine mächtige Rauchwolke entschlüpfte seinen Lippen, schöne Rauchringel schoben sich in die mollige Stube, suchten sich immer vergrößernd den Weg zu den Fenstern. Sorgenvoll schüttelte er seinen graumelierten Kopf und sagte: „Na ja, soll mir alles recht sein. Aber das Salzschwärzen passt mir gar net, das bringt kein Glück, wirst sehen, Margret. Unser Mädel könnt doch eine ganz andere Partie machen. So ein stolzes Mädel und so ein stattlicher Hof! Die sind doch überall gesucht. Ich mein, du sollst besser auf unser Kind einreden. Musst ihr net immer gleich beihalten!"

„Hannes, musst net gar so schwarz sehen," entgegnete Margret. „Warum soll der Seppl net ein tüchtiger Bauer und guten Ehemann geben? Wirst sehen, wenn er erst verheiratet ist, gibt er schon das Salzschwärzen von selbst auf. Da hat er gar keine Zeit mehr für diese nächtlichen Streifzüge. Da nimmt ihn seine Frau und der Hof viel zu sehr in Anspruch."

„Mag sein, Margret, aber ich sag's dir nochmals, das Treiben Seppls gefällt mir gar net. Hat einen ganz städtischen
Geist in unser Dörflein gebracht und spielt sich bei
der Jugend wie der alleinige Herr auf. Das führt zu nichts Gutem. Wie sich unser Mädel nur in den vergaffen konnte!

Sind doch so viel bessere Freier in der Nachbarschaft. Und ich erfahr erst jetzt von diesen Heimlichkeiten – Noch bin ich Herr vom Berglenehof und will auch in dieser ernsten Angelegenheit gefragt werden. Wem das Mädel nur nachfährt?"

„Aber Hannes, das brauchst wirklich net lange zu überlegen.
Der Apfel fällt net weit vom Stamm. 'S ist doch der zweite Vater."

„Lang schau ich da net mehr zu, wird wohl der Sef bald mal ins Gewissen reden müssen. So kann das net mehr weiter gehen. Ganz verträumt schleicht das Mädel umher. Schon lange fällt mir ihr verändertes Wesen auf. Scheu weicht sie mir aus. Und ich will doch auch gefragt werden, wer einmal mein Nachfolger im Berglenehof werden will. Verstehst Margret?"

„Hannes, Hannes, musst's net auf die Spitze treiben mit unserer Sef."

Eine lange Pause unterbrach die Unterredung, nur das gleichförmige Ticken der Schwarzwälder Wanduhr drang durch die geräumige Bauernstube.

Hannes stellte seine Arbeit am Webstuhle ein, durchmaß mit schweren Schritten die Stube, schaute lange schweigend zum Fenster hinaus und betrachtete den Nachthimmel, nahm seine ausgerauchte Pfeife und hängte sie an die Wand.

„Will noch mal nach dem Vieh schauen", sagte er dann zu seiner Frau und ging gemächlich in den Stall.

Nach geraumer Zeit betrat er wieder die Stube.

„Margret, wollen zu Bett gehen. Morgen früh ist die Nacht rum", sprach er zu der am Spinnrade sitzenden Bäuerin und verschwand in die Kammer.

Vorsichtig schob die Bäuerin das Spinnrad zur Seite, legte Flachs und volle Spulen auf den Tisch und eilte nochmals zur Küche, hier nach dem Rechten zu sehen. Dann schob sie den Riegel der Haustüre vor und kehrte zur Stube zurück. An der Stubentüre blieb sie stehen, tauchte ihre Finger in den an der Wand hängenden Weihwasserkessel, besprengte alle vier Ecken der Stube mit geweihtem Wasser, um den bösen Geistern in der Nacht den Zutritt ins Haus zu verwehren, benetzte ihre Stirne und schlug dabei das Kreuzzeichen. Alsdann ging auch sie in die Kammer und suchte ihr Lager in dem hochaufgebauten Himmelbette auf. Die blauweiß karierten
Vorhänge des Himmelbettes schlossen sich und noch lange lag Margret wach und überdachte die abendliche Unterhaltung. Aus dem gegenüber an der Wand stehenden Bette hörte sie das schnarchende Geräusch des fest eingeschlafenen Hannes. Mit gefalteten Händen schlummerte sie auch endlich sanft ein.

In der Oberstube des Berglenehofes saß Sef am Fenster und lehnte ihren Lockenkopf gegen die Fensterscheiben. In Gedanken versunken lugte sie in die Dunkelheit. Da drangen die erregten Worte ihres Vaters an ihr Ohr. Jäh erwachte sie aus ihrem Brüten, öffnete leise das Fenster und wurde so ungewollt Zeuge der Unterhaltung ihrer Eltern. Immer wieder hörte sie ihren Namen nennen und gespannter lauschte sie auf die Worte, die aus der Bauernstube zu ihr heraufdrangen.

Erregung prägte sich auf ihren Gesichtszügen aus, ihr Herz begann fieberhaft zu arbeiten, Röte und Blässe wechselten mit Blitzesschnelle, Schrecken überfiel das arme Mädchen. Ihr Vater, der von ihrem Verhältnis nichts erfahren sollte, war nun von der Mutter in ihr heimliches Liebestreiben eingeweiht worden. Wie hatte sie vor diesem Augenblick gebangt! Aus all dem Abgelauschten vernahm sie immer wieder, dass ihr Vater mit ihrem Verhältnis nicht einverstanden war. Wie sollte das nun enden! Einem andern konnte sie ihr Herz nicht schenken. Nie würde sie von ihrem geliebten Seppl lassen.
Da sollte auch der Vater nichts dran ändern können. Schwere Stunden standen ihr bevor. Mit Schrecken dachte sie an die Auseinandersetzung mit ihrem Vater, die nun eines Tages kommen musste.

Noch hörte sie die schweren Tritte ihres Vaters vom Stalle zur Stube eilen, der Mutter Hantieren in der Küche. Dann trat Totenstille im unteren Stocke ein. Sie wusste, nun waren ihre Eltern zu Bett gegangen und in tiefen Schlaf verfallen.

Da bemerke sie plötzlich am Holzschuppen die dunkle Männergestalt ihres Geliebten. Mit doppelter Vorsicht eilte sie heute Abend die Treppe hinunter, öffnete zitternd die Haustür und stand angsterfüllt vor ihrem Liebsten.

Seppl erfasste ihre dargereichte Hand, riss Sef stürmisch
zu sich in die dunkle Halle, umschlang ihren Hals
und drückte ihr einen Kuss auf ihre zarten Lippen. Sef
ließ willenlos alles mit sich geschehen, ihre Gedanken
beschäftigten sich immer noch zu sehr mit der abendlichen
Unterhaltung der Eltern. Kein Wort kam über ihre
Lippen, unaufhörlich rollten heiße Tränen die blassen
Wangen hinunter.

„Mei liebs Schatzerl, was hast den heut Abend? Warum
weinst denn so sehr? Was is passiert? Komm her, schütt
dei arms Herzl aus!"

Tiefe Seufzer drangen an Seppls Ohr. Immer neue Tränenströme
quollen aus den rotgeweinten Augen des zitternden
Mädels, stürzten die Wangen hinunter. Seppl
konnte sich das Verhalten Sefs gar nicht erklären.

„Mei guts Mädl, was macht dir denn 's Herzl heut gar
so schwer? Warum weinst denn so bitterlich? Warum
findst gar kei liebs Wörtl für mich? Nu sags doch endlich."

„Ach Seppl", kam es stoßweise aus dem Munde Sefs,
„ich hab halt so viel Schreckliches heut Abend ablauschen
müssen. Das schnürt mir mei Herz zusammen und
nimmt mir schier die Sprach. Musst mir deshalb net böse
sein."

Seppl gab Sef aus seiner Umarmung frei, fasste ihre

Hand mit festem Druck, streichelte ihre Wangen und sagte tröstend:

„Aber, was is denn, mei liebs Kinderl, nu sags doch endlich. Darf ich's denn net wissen? Ich will dir doch gerne helfen."

„Schau, liebster Seppl, Mutter hat halt heut Abend Vater erzählt, dass ich dich so lieb hab. Und Vater hat gar kein Gefallen dran, dass du mei Mann wirst. Nun hab ich so große Angst. Vater wird mich doch deswegen zur Red stellen. Ich soll von dir lassen, einen anderen nehmen, den ich nicht leiden mag. Schau, Seppl, das drückt mich so sehr, tut mir so furchtbar weh."

Wie ein Blitz durchzuckten diese Worte Seppls Körper, jäh fuhr er empor, stampfte mit seinem Fuße hart auf den Boden, dass Moppi, der treue Wächter, erschrocken aufsprang und zu knurren begann.

„Na, mei liebs Mädel, du beruhig dich nur. Brauchst gar kei Angst und Furcht zu haben. Ich werd dich schon schützen. Ich werd selbst mit deinem Vater reden. Sei nur unverzagt."

„Seppl, Seppl, was soll ich aber noch anfangen? Und sieh, Vater hat zur Mutter gesagt, ‚ein Salzschwärzer taucht nicht zum Bauern. Noch bin ich Herr im Berglenehof,
werde ich gefragt, wer mein Nachfolger wird'. Ich wein mir noch die Augen aus."

„Musst nicht allzu ängstlich sein, mein Schatzerl. Ich

werd schon alles mit deinem Vater in Ordnung bringen.
Und lassen werd ich nicht von dir, da kannst versichert
sein. Und auch dein Vater wird nichts daran ändern können.
Mag kommen, was will. Wir beide werden uns doch
kriegen."

„Schau Seppl, ich hab dir immer gesagt, lass ab vom
Salzschwärzen. Machst mir nur Kummer und Sorgen.
Hast aber auch deinen eigenen Kopf. Seppl, ich bitt dich
von Herzen, gibs Salzschwärzen auf."

„Na, na, mei Mädel, so eilt des net. Werd auch als
Salzschwärzer mit deinem Vater fertig werden. Kannst
mir's glauben. Ich fürcht mich net. Werd mit deinem
Vater schon alles in Ordnung bringen. Den Sieg werd ich
davontragen und dein Vater wird mich doch als seinen
Schwiegersohn anerkennen. Und nach einem Jahr wird
uns der Bergpfarrer am Altare seinen Segen geben müs
sen. Ich hab wirklich ka Furcht vor deinem Vater. Kannst
ganz beruhigt sein."

Sef war ganz niedergeschlagen. Angst sprach aus ihren
sonst so feurigen Augen. Aber auch Seppl war durch die
Neuigkeiten nicht bei bester Laune. Früher als sonst verabschiedete
er sich von Sef und eilte dem Waldhofe zu.
Sef schlich zitternd und frierend ins Haus und suchte in
dieser Nacht vergebens den erquickenden Schlaf.

Sef hatte eine unruhige, schlaflose Nacht hinter sich.
Früher als üblich verließ sie morgens ihr sonst so molli-
ges Himmelbett, das ihr in der vergangenen Nacht wie
eine Holzpritsche vorgekommen war, schlich vergrämt

und abgehärmt zur Küche, in der schon die Mutter am Hantieren war. Leise bot sie der Mutter den Morgengruß, nahm ihren Eimer und Melkschemel, um die Kühe zu melken. Ihre sonst so frischroten Wangen waren bleich, dunkel Schatten umrandeten ihre Augen. Nachdenklich und kopfschüttelnd betrachtete die Mutter ihren Liebling. Zaghaft betrat Sef den Stall, in dem ihr Vater bereits an seiner gewohnten Arbeit war. Schüchtern bot sie einen „Guten Morgen" und setzte sich unter die Scheck, die beste Milchkuh des Berglenehofes. Aber das Melken wollte ihr heute gar nicht von der Hand gehen. Zu sehr waren ihre Gedanken mit anderen Dingen beschäftigt. Angst sprach aus ihren Blicken, die ab und zu verstohlen zu ihrem Vater glitten. Kein liebes Wort fand sie heute für ihre Lieblingskuh, die gelbweiße, wohlgenährte Scheck, deren Euter wie immer voller Milch strotzte, die ihr den Kopf fragend zuwandte, ihr den Morgengruß zunickte und Sef mit großen Augen so treu anschaute, ein leises Brummen ertönen ließ, als wollte sie die Berglenetochter aufheitern und daran erinnern, dass sie, wie gewöhnlich, beim Melken ihre heiteren Liedlein erschallen ließ.

Immer wieder nickte ihr die Scheck zu, beleckte mit der langen, rauen Zunge ihre Schnauze und sah Sef brummend und forschend an, als wüsste das gute Tier, dass Sef innerlich schwere Seelenkämpfe zu überwinden habe. Sie war es ja gewöhnt, dass die Berglenetochter allmorgendlich mit ihr ein kleines Plauderstündchen hielt, ihren samtweichen Hals umarmte, sie hinter den schön gebogenen Hörnern mit ihren zarten Fingern kraulte, sie tätschelte, den schwarzen Lockenkopf an ihre breite, weiß gefleckte Stirn lehnte, mit ihr schmuste und sie liebkoste. Wie zärtlich leckte dann das treue Tier der lieben Pflegerin die feinen Händchen ab. All diese Liebesbeweise vermisste heute das gutmütige, verwöhnte Tier.

Unruhig trampelte es daher vom linken Hinterfuße auf den rechten, wedelte nervös mit seinem buschigen, weiß behaarten Schwanze und schlug der unverwandt in den schäumenden Milcheimer stierenden Sef nicht gerade in der zärtlichsten Weise ins Gesicht. Doch all diese Liebesbeweise und Zärtlichkeiten der gutmütigen Scheck blieben heute ohne Erfolg. Kein liebes Wort kam aus Sefs schmerzverzerrten Lippen. Sie beachtete nicht die Aufmerksamkeiten ihrer Lieblingskuh.

„Fuß, Bleß", hörte sie plötzlich die Stimme ihres Vaters erschallen, der damit beschäftigt war, den Kühen ihre Streu in Ordnung zu bringen. Mit einer Gabel frischem Mist eilte er über den Hof und setzte ihn auf dem mustergültig aufgeschichteten Misthaufen. Er war des Berglenebauern ganzer Stolz, seine unergründliche Goldgrube.

„Hoppla, Lotte! Fuß, Lotte", hörte sie wieder hinter sich Vaters Ruf.

Jäh fuhr sie bei jedem Rufe zusammen. Wie ganz anders klangen ihr heute Vaters Worte in den summenden Ohren. Immer wieder durchzuckte sie erschrocken das ängstliche Gefühl, dass nun das herannahende Gewitter sich entladen müsste.

Lautlos eilte Sef zur Küche, den gefüllten Milcheimer zu leeren, wanderte weiter von Tier zu Tier, ihre Arbeit zu beenden.

Der Berglenebauer war gerade mit der Einstreu fertig geworden und betrachtete nun in stolzer Freude seinen schön gepflegten Viehbestand. Behäbig stemmte er die grobknochigen Fäuste in seine Hüften und nickte schmunzelnd vor sich hin. Doch seine bereite Bauernstirn zeigte plötzlich tiefe, ernste Furchen.

Mit schwerem Schritte kam er, auf den Schultern eine Gabel Heu schleppend, von der Scheune und streckte den fresslustigen und futterneidischen Tieren das Futter in die Raufe. Als er mit dem Abfüttern fertig war, klopfte er sich das Stroh und Heu von seinen Kleidern, schüttelte seinen breitrandigen Hut ab, drehte sich seinen schönen Schnurrbart, holte die halblange Pfeife aus der Rock-tasche, stopfte und zündete sie an. Vergnügt blies er die bleuen Wolken in den Ammoniakgeschwängerten Stall. Nachdenklich betrachtete er seine schweigsame Tochter, die gerade unter der letzten Milchkuh, der „Res", einem stattlichen Frankentier, Platz genommen hatte. Eine bange
Ahnung stieg in Sef auf, sie fühlte instinktgemäß, dass nun die Stunde der Aussprache kommen würde.

Wieder stieß der Bauer eine Rauchwolke aus seinen dick aufgeblasenen Backen. Deutlich vernahm Sef das Geräusch der entweichenden Luft. Ein Albdruck legte sich um ihre Brust, drohte sie zum Ersticken zu bringen, stellte ihr die Luft ab. Wild hämmerte ihr gequältes Herz, schoss ihr das Blut in den Kopf. Augenblicke höchster seelischer Erregung durchkämpfte das arme Mädchen.

Da ertönte auch schon die Stimme ihres Vaters.

„Na, Sef, bist ja heute so sonderbar ruhig. Das bin ich gar net von dir gewöhnt. Sonst lässt du immer beim Melken deine lustigen Liedlein erschallen. Noch kein Wörtlein ist dir heute über die Lippen gekommen. Selbst der Scheck kommt das sonderlich vor. Was hast denn, Mädel?"

Nun galt es für Sef zu kämpfen, ihren Mann zu stellen. In aller Ruhe und Besonnenheit antwortete sie:

„Ach Vater, man kann doch net immer lustig sein. Bist ja auch net alle Tage guter Laune. Habe heute Nacht so furchtbar schlecht geschlafen. Schau, da bin ich halt noch müde."

Der Bauer kratzte sich hinter den Ohren und lachte verschmitzt über die Schlagfertigkeit seiner Tochter.

„Die ist net aufs Maul gefallen", dachte er bei sich, „die weiß sich verflucht zu helfen. Die gleicht mir aufs Haar. 'S is ein Sakrischmädel, auf die kann ich trotzalledem stolz sein."

„Na ja, Sef, du kannst aber doch noch ruhig schlafen. Hast doch noch keine Sorgen, bist ledig und los. Da brauchst doch wirklich net deinen Schlaf zu opfern. Das versteh ich net Sef."

„Ja, Vater, du verstehst gar vieles net", sagte Sef in gelassenem Tone.

Der Bauer stutzte über die kurz angebundene Antwort, warf den Kopf in seinen wulstigen Nacken, biss die Lippen aufeinander, räusperte sich unwillig und sagte nach kurzer Pause:

„Nun wollen wir mal von etwas anderem reden, Sef. Bist nun im heiratsfähigen Alter und da wirds Zeit, dass ich einen tüchtigen Nachfolger bekomme. Und schau, Sef, auf so einen schmucken Hof gehört auch ein rechter Mann, der sich ganz der Wirtschaft widmet und ihn auf der Höhe erhält. Wär doch jammerschade für unsern schönen Hof, wenn der mal heruntergewirtschaftet würde.
Unsere Vorfahren würden uns ewig Vorwürfe machen. Und da hab ich gedacht, du solltest nun endlich mehr Einsicht haben und nicht mehr so abstoßend sein, wenn die Freier aus den Nachbardörfern auf unseren Hof kommen. Musst mehr in die Zukunft schauen! Entschließe dich endlich und treffe die richtige Wahl. Du nimmst mir damit eine große Sorge vom Herzen."

„Vater, darüber zu reden, hat keinen Wert. Ich bin jung und habe noch Zeit zum Heiraten. Und Sorge brauchst du dir deshalb net zu machen. Ich werd mir schon den rechten
Mann suchen, der mir gefällt."

„Ach, sieh mal einer an, du schlägst da Töne an, als ginge mich die Angelegenheit gar nichts an. Ich bin doch der Hofbesitzer und möchte auch bei der Wahl meines Schwiegersohnes gefragt werden. Gefallen soll er dir gewiss, aber auch mir. Verstehst mich? Oder meinst, ich würde jeden Taugenichts in meinen stolzen Hof einsetzen?
Na, na Mädel, das ist net mei Absicht. Überleg dir das wohl und häng dich net an den Unrechten!"

Immer temperamentvoller sprudelten die Worte des Bauern heraus. Aber auch Sef hatte alle Scheu und Angst vor dieser Aussprache abgelegt und leicht lächelnd ihrem Vater zur Antwort:

„Do is gar nichts zu überlegen, Vater. Ich werd schon die richtige Wahl treffen. Kannst ganz beruhigt sein. Ich werde den rechten Mann bringen, den Mann, der mir gefällt. Oder meinst Vater, ich ließ mir einen aufschwatzen?
Na, an, ??? Vater, lieber will ich gar keinen Mann.
Ich muss doch mit ihm zusammenleben. Oder willst, dass ich zeitlebens unglücklich sein soll? Du hast dir doch auch eine Frau gesucht, die dir gefallen hat und nicht deinen Eltern. Und glücklich warst allemal mit Mutter. Und da meinst, ich sollt anders handeln? Na, Vater, des kannst net verlangen. Und einen Taugenichts werde ich dir schon gar net bringen, verlass dich drauf."

In der Küche hatte die Mutter den Kaffeetisch gerichtet und war so Mithörerin der Aussprache zwischen Vater und Tochter geworden. Neugierig lehnte sie den Kopf an die Stalltür, um ja alles aufzufangen. Als sie die letzten Worte ihres Lieblings hörte, rieb sie sich freudig die Hände, nickte glückstrahlend Beifall und lispelte leise vor sich hin:

„Recht so, Sef, lass dir nichts gefallen! Mein Alter hats gerade so gemacht!"

„Nun hör aber mal zu, Mädel", erscholl in härterem Tone des Bauern Stimme; „du gehst ja gerade mit mir um, als hätte ich überhaupt nichts mehr zu sagen. Scheinst das vierte Gebot gut im Gedächtnis zu haben.

Hast wohl gar schon deine Wahl getroffen? Darf ich dann wenigstens wissen, wer der Auserwählte deines Herzens ist?"

Sef stellte ihren Melkeimer nieder, sprang auf, warf ihren Lockenkopf zurück, ihre Augen funkelten, sie widerstand unverwandt dem strengen Blick des Vaters, ihr Busen arbeitete fieberhaft. In höchster Aufregung warf sie dem Bauern die Worte hin:

„Ja, Vater, wenn du's absolut wissen willst, ja, Vater, ich habe mir den Mann gesucht, den ich für den rechten halte, einen Mann, der mir gefällt, der mich von ganzem Herzen liebt, für den allein mein Herz schlägt. Und ein Bauer ist er auch, wie kein besserer im Dorfe zu finden ist. Und damit du nun alles weißt, der Seppl ist's, der Seppl vom Waldhof! Ihm allein gehört mein Herz, mag kommen, was will und er wird mit mir gehen durch dick und dünn. Und mit dem vierten Gebot hat das gar nichts zu tun, Vater. Heist's doch in der Bibel: Darum wird der Mann Vater und Mutter verlassen und seinem Weibe anhangen und die beiden werden zu einem Fleische."

Sprachlos staunte der Bauer seine Tochter an, die er so noch nicht kennen gelernt hatte. Sie war vom gleichen Holze geschnitten wie er selbst.

Auch die Mutter in der Küche kicherte vergnügt vor sich hin und freute sich, dass ihr Alter endlich in Sef sein eigenes „Ich" entdeckt hatte.

„Mh, mh, Alter, da hörst mal wieder die Wahrheit. Die Sef fürchtet sich net vor dir", dachte sie in ihrem Mutterstolz.

Zornesröte schoss in den kantigen Bauernschädel, die Halsadern schwollen dick an, die Augen blitzten. Hastig klopfte er seine Pfeife aus und steckte sie in die Rocktasche.

Verärgert und erbost über das kecke und herausfordernde Auftreten seiner Tochter holte er zum letzten Schlag aus. Seine derbe, knochige Faust drohend erhebend fuhr er Sef an:

„So weit ist's also schon. Ich werde vor fertige Tatsachen gestellt, ich, der Herr des Berglenehofes werde überhaupt nicht einmal gefragt. – Sef, so wahr ich vor dir stehe, niemals werde ich meine Einwilligung geben. So lange ich lebe, lebe, wird der Waldhofseppel nicht in meinen Hof einziehen. Oder denkst, ich nehme einen Vagabunden, einen Faulenzer, einen Rebell und Salzschwärzer in meinen Hof, he? Die ganze Jugend hat er mit seinen städtischen Gewohnheiten verdorben. Und du, ausgerechnet du, auf die ich meine ganze Hoffnung gesetzt hatte, musst dich an einen solchen Lumpen hängen, kannst Gefallen an solch einem Menschen finden? Na Sef, da ist mir mein schöner Hof doch zu schad für. Daraus wird nichts. Das kannst dir getrost aus dem Kopf schlagen, verstehst?"

„Vater", schrie Sef mit erstickender Stimme, stapfte mit ihren zierlichen Schuhen fest auf das Steinpflaster, „Vater der Waldhofseppel is kei Vagabund, kei Faulenzer, kei Lump, kei Rebell. Der Waldhofseppel verdirbt auch nicht die Dorfjugend. Bitter Unrecht tust dem Seppel.

Du brauchst zu harte Worte. Und dass du's nun endlich weißt, nie lasse ich vom Waldhofseppel. Und deinen Hof brauchen wir auch net, den kannst du ruhig behalten. Und hier im Bergdörflein bleiben wir schon gar net, nach den „Freien Staaten von Amerika" wandern wir aus. Dort gründen wir uns ein neues Heim. Mein Seppl hat schon so viel Geld erspart, dass wir uns dort drüben ansiedeln können. Und gut wird's uns gehen, verlass dich drauf. Wir sind noch jung und gesund und vor der Arbeit fürchten

wir uns net. Und zufrieden sind wir schon allemal.

Der Herrgott wird uns schon net verlassen, der wird uns seinen Segen geben. Sonst gäbs ja kei Gerechtigkeit."

„Geld hat der Seppl erspart", lachte höhnisch der Bauer. „Erspart? Gestohlen hat er's, der Schuft, durch Schmuggeln und unehrliche Händel den Leuten aus den Säckeln ergaunert, der Satansmensch."

Sef warf dem Vater einen verächtlichen, strafenden Blick zu, packte den gefüllten Melkeimer und eilte weinend

zur Küche, stellte ihn auf die Milchbank und ging hastig die Treppe hinauf in ihre Stube. Nach diesem ernsten

Auftritte wollte sie ganz für sich sein, musste sich ausweinen und Trost in der Einsamkeit suchen.

Wie Hagelkörner waren die Worte Sefs auf den Berglenebauern niedergeprasselt. Sein Herz drohte still zu stehen. Schwer keuchte seine breitgewölbte Brust. Bleich betrat er die Küche, ließ sich ächzend auf die

Bank nieder und stützte sein sorgenfaltiges Haupt auf den gedeckten Kaffeetisch und stierte ernst und nachdenklich seine Frau an. Endlich presste er die Worte heraus:

„All meine Hoffnung ist zerstört. Ein schönes Früchtchen hast du da aufgezogen. So gehts halt, wenn die Mütter zu nachgiebig sind. Da kommt nichts Gutes bei raus. Mir fährt das Mädel wahrhaftig nicht nach. So ein sturer Kopf. Und Reden führt sie, als wäre sie schon die Besitzerin
des Hofes. Der verdammte Halunke vom Waldhof hat ihr den Kopf so recht verdreht. Nun kann ich auch verstehen, weshalb das Mädel so teilnahmslos dahingeht, so blass und verstört aussieht. Kein Wunder, dass sie nachts nicht schlafen kann. Aber das sag ich dir, aus ihren
Plänen wird nichts werden. Nie werde ich dulden, dass so ein elender Schurke und Aufwiegler in meinen Hof einzieht. Denen werden schon noch die Augen aufgehen
da drüben in den Freien Staaten. Da fliegen ihnen keine gebratenen Tauben in den Mund, da liegt das Geld auch nicht auf der Straße rum. Und mit seinen unsauberen
Geschäften, mit seinem Schmuggeln wirds da drüben auch vorbei sein. Da heißt es zupacken und schuften. Die werden sich schon noch ihre eckigen Schädel abschleifen und froh sein, wenn sie wieder nach Deutschland, nach ihrem lieben Bergdörflein heimkehren können!"

Polternd sauste plötzlich die schwere Bauernfaust auf den eichenen Tisch, klirrend flogen die irdenen Tassen auf den Steinboden, stoßweise sagte er in höchster Erregung:

„Nie -mals wird der Wald -hof -seppel mei -nen Hof
er -hal -ten. Da -für wer -de ich Sor -ge trag -en.
Kanst dich drauf ver -las -sen!"

„Hannes, Hannes", erwiderte beruhigend die Bäuerin,
„bedenk, was du tust. Treibs net auf die Spitze. 'S ist
unser Kind, 's ist dein Fleisch und Blut, 's ist ganz wie
du. Verstoß es nicht, du wirst 's einmal bitter bereuen."

„Nichts werde ich bereuen. Du hälst ihr ja immer die
Stange", sagte barsch und verärgert Hannes, zog seinen
breitrandigen Hut auf und ging hinaus, seine täglichen
Arbeiten zu verrichten.

Leise schlich sich die Bäuerin die Treppe hinauf, öffnete
vorsichtig die Stubentür und näherte sich auf den Fuß-
spitzen
ihrem Kinde. Lautes Schluchzen drang an das
Ohr der mitleidigen Mutter! Schwer hob und senkte sich
der mit dem Gesichte auf dem Ecktischchen liegende
Oberkörper des Mädels unter den Stoßseufzern, die der
Ausdruck des furchtbaren Seelenkampfes waren, den
dieses junge Menschenherz zu bestehen hatte. In ihrer
grenzenlosen Qual hatte Sef nicht das Eintreten der Mutter bemerkt.

Plötzlich legte sich eine sanfte Hand auf den Lockenkopf
des Mädchens. Erschrocken fuhr Sef herum und
wandte ihr rot verweintes Gesicht der besorgt dastehenden Mutter zu. Liebevoll nahm diese den Lockenkopf in
ihre Hände, drückte ihm einen Kuss auf die Stirn und
sagte in ihrer mütterlichen Weisheit:

„Geh, mei Mädel, nimm's net gar so schwer. 'S Leben ist nun mal net anders. Keine Rose ohne Dornen und keine Liebe ohne Tränen. Vater war huete hart zu dir und hat dir recht weh getan. Aber lass nur, 's geht alles vorüber.
Wird schon wieder gut werden. Lass mich nur sorgen, werd ihm schon seinen harten Bauernschädel rumdrehen und alles ins rechte Gleis bringen. Und nun komm, geh, lass das Weinen sein, härmst dich nur unnütz ab und kriegst Falten ins Gesicht. Dann gefällst deinem Seppel net mehr. Gell, Kind, kommst mit runter, sonst zankt Vater noch mehr."

„Ach Mutter", sagte das Mädel mit stockendem Seufzer und tränenden Augen, „gut's Mütterl, lass mich heut allein. Ich kann nach all den harten Worten nicht beim sterben als von ihm getrennt werden. Is doch so ein braver,
guter Bursch und Vater hat so auf ihn geschimpft.
Schau Mutterl, das kann ich net ertragen. Es ????stößt mir noch schier mei arms Herzl ab. Geh, Mutter, lass mich allein in meinem Schmerze."

Na, na, mei Kind, so musst nu auch net sein. Ich weiß ja, dass du deinen Seppl über alles liebst, weiß auch, dass er ein gar schöner und braver Bursch ist. Und ich werd schon mit'm Vater reden, dass alles gut wird. Komm, lass endlich das Weinen sein und geh mit runter."

Sef trocknete sich schluchzend mit der Schürze die Tränen ab und folgte von der Mutter geführt in die Küche.

Der Winter rüstete sich zum Abzuge. Nur die Höhenzüge

des Spessartwinkels prangten noch in ihrer winterlichen Gewande. Die vielen Kuppen und Kegelberge, die Zimmersberge, der Gretenberg, die Kohlplatte, die Kleine und Große Kuppe, der Markberg, der Wegscheideküppel, der Wintersberg, der Horst, sie alle hoben sich leuchtend weiß in ihrem Hermelinmantel aus dem schon überall vom Frühling angehauchten, endlosen Waldgebiet hervor.

Überall zeigte sich bereits das beginnende Leben in der Natur. Die Waldbäume trugen trotz ihrer Kahlheit alle Anzeichen der Wiederbelebung. Die tote, düstere Farbe der Wintererstarrung wich immer mehr dem hellen, in der Sonne schimmernden Tone, den die warme Frühlingssonne durch neue Saftzufuhr bewirkte. Eschen, Ahorn und Buchen kleideten sich in ein silbergrau schimmerndes Gewand. Am Waldrande zeigten sich bereits Hasel und Salweide in ihrem schönsten Frühlingsschmucke.

Die noch zusammengekauerten Blütenkätzchen der Erle und Birke streckten sich von Tag zu Tag und warteten sehnsüchtig auf die Stunde, wo sie sich in ihrer vollen Entfaltung zeigen durften.

Auch im idyllischen Waldtälchen des rauschenden Klingbaches hatte der herannahende Frühling seine Veränderungen hervorgerufen. Die zarten, smaragdgrünen Grasspitzen gaben dem schmalen Wiesengrunde ein frisches, jungfräuliches Antlitz. Rauschend ???? Hängen und führten dem hastigen dahineilenden Bergbache ihre klaren Wasserfluten zu. Von Tag zu Tag fraß die Sonne mehr Schnee auf den Höhen weg und kaum konnten die kleinen Sturzbäche die Wassermengen der Schneeschmelze fassen. Lustig klapperten die Schloss-und die-Hautzenmühle des Weilers Hausen und die Rück-, Gelbe und Stadtmühle des Kurhessenstädtchens Salmünster.

Frohgelaunt betrachteten die weiß gepuderten Müller das emsige Drehen der schweren Mühlenräder, die nun mit doppelter Kraft all das Versäumte der wasserarmen, heißen Sommerzeit nachzuholen gedachten.

Hirsche und Rehe grasten friedlich in den Waldwiesen des schmalen Tales, um sich an dem zarten, saftigen Grün zu laben. Die ersten Frühlingsblümchen lugten verstohlen unter Büschen und Hecken hervor. Meister Specht hämmerte unverdrossen auf dürren Astspitzen, zauberte so ein lang gezogenes, rollendes Trommeln hervor, das weit in den Wald hin tönte und seine Geliebte zur Hochzeitsfeier herbeirief. Laut erschallte das schmelzende, wohlklingende „Tü,tü,tü,tü!" der Drossel durch den Waldgrund. Hell schmetterte der Fink seinen Hochzeitsruf „Ci, ci, ci, ci, Bräutigam" in den hellen Frühlingstag und das zierliche, buntschillernde Kohlmeischen mahnte mit seinem kecken „Ci,ci,da! Ci, ci, da!

Spitz die Schar! Acker fahr!" den Bauern daran, seine Ackergeräte für die bevorstehende Feldbestellung in Ordnung zu bringen
Freude und Jubel herrschte in der gesamten Natur über das Herannahen des holden Frühlings.

Ein selten schöner Vorfrühlingstag nahte sich der Nacht. Golden rot verschwand die Sonnenscheibe über dem Kinzigtale am westlichen Himmel hinter den langgezogenen Bergrücken, den Ausläufern des Vogelsberges.
Allmählich breitet sich die Dämmerung über die Landschaft des Spessartwinkels. Hier und da leuchteten noch die schmutzigen weißen Überreste der Schneemassen, die der raue Ostwind an Rainen, Hecken und

Hohlwegen zu mächtigen Schneewehen aufgetürmt hatte, in die Dunkelheit, als die letzten Grüße, die der abziehende Winter dem allseits ersehnten und freudige begrüßten Frühlinge als Willkommengruß widmete.

Eine milde Luft umsäuselte die langgezogene Kolonne, die unter Führung des Waldhofseppls sich langsam der Dickung des Schönbornskopfes näherte. Schwer keuchend
unter der Last des Schmuggelgutes stampften die Schmuggler durch den roten Sand, der unter ihren nagelbeschlagenen Schuhen laut ächzte und knirschte. Teils hatten die Salzschwärzer ihre Gewehre geschultert, teils ihre Pistolen und Dolche am Leibriemen.

Die Schmugglerbande ließ sich auf einer kleinen Blöße der Fichtendickung nieder, um eine kleine Ruhepause einzuschieben. Kaspar und Max lösten sich aus dem Verbande, um wie üblich das Grenzgelände auszukundschaften und den Grenzübertritt zu sichern. Waldhofseppl gab den Zurückbleibenden letzte Anweisungen. Heuer waren diese Maßnahmen mehr denn je am Platze. Die letzthin erlassenen und im Bergdörflein bekanntgemachten Regierungsverfügungen der bayerischen Regierung, dass sie mit allen zur Verfügung stehenden Mitteln den Schmugglerbanden an der Grenze das Handwerk legen wolle. Der sonst so beliebte König Ludwig brauchte für seine neu erbauten Prunkschlösser zu viel Geld. Da konnte er auf die ausfallenden Zölle durch Salzschwärzen nicht verzichten.
Der zusammengeschrumpfte Staatssäckel dieses kunstsinnigen Landesfürsten brauchte jeden Pfennig. Die Zinsen der unerwünschten Staatsschulden, die durch französische Anleihen gedeckt wurden, mussten durch

neue Steuern und Zölle von den Bürgern aufgebracht werden. Man musste also nun beim Schmuggeln auf das Zusammentreffen mit den verhassten Grenzern gefasst sein.

Mitten unter den Schmugglern stand der Waldhofseppl, warf jedem einen scharfen, musternden Blick zu und sagte: „Von Tag zu Tag wird uns das Salzschwärzen schwerer gemacht. Der Tag ist vielleicht nicht mehr fern, wo man uns unser Handwerk vollkommen legt. Denkt an die Grenzposten und Zollstationen verstärkt. Grenzer und Zollbeamten haben den Befehl erhalten, das Salzschwärzen auf jeden Fall zu unterbinden und nötigenfalls von der Waffe Gebrauch zu machen. – Die bösen Zungen der Klatschbasen in unserem Bergdörflein, die aus Neid und Missgunst uns um unseren schönen Verdienst bringen wollen, sind willkommene Werkzeuge der Behörde. Ihr kennt ja alle die Äußerungen, die täglich beim Wasserholen ausgestreut werden und uns wieder durch unsere Mädchen zugetragen werden. Auch der Bergpfarrer hat sich auf die Seite der Regierung gestellt. Das konntet ihr deutlich aus der letzten Sonntagspredigt herausmerken. Unsere gefährlichsten Gegnerinnen sitzen im Öberdorf. Die öber Eck is e bös Eck. Die Binsie, die Maddelene, die Gret kennen sich vor Bosheit nicht mehr, möchten uns samt und sonders hinter Schloss und Riegel bringen. Daher heißt es auf der Hut sein. Auch die Förster haben Befehl erhalten, mit den Grenzern gemeinsame Sache zu machen. Dies erfuhren wir dieser Tage beim Holzfällen von dem jungen Forstläufer Schmitt. Sollte es wider Erwarten zu einem Zusammenstoße kommen, wird jeder von euch seinen Mann stellen. Niemand wird sich feige zeigen. Werden wir beschossen, so machen auch wir von unserer Waffe Gebrauch. Alle Waffen prüfen und laden.

Sollte wider Erwarten einer von uns gefasst werden, so wird er niemand verraten. Wir alle werden gemeinschaftlich an der Begleichung seiner Schuld teilnehmen. Und nun: Gut Glück zum Grenzübergange!"

In diesem Augenblicke ertönte mehrmals kurz hintereinander der Ruf der Eule, das Zeichen, dass an der Grenze keine Gefahr drohe.

Schon setzten die ersten Schmuggler beim Jägersheiligen über die Grenze, als plötzlich in der stille???? Nacht der laute Ruf ertönte: „Halt!"

Blitzschnell huschten alle Schmuggler über die Grenze in die jenseitige Dickung. Ein zweites, drittes Mal erscholl der Ruf der Grenzer. Schüsse donnerten durch die Nacht in die kurhessische Dickung. Von dort wird das Feuer erwidert. Seppl erteilte seinen Kameraden den Befehl, den abfallenden Waldausgang zu erreichen, während er feuernd den Weitermarsch deckte und als letzter den Standort verlässt. Eine Verfolgung über die Grenze war den bayerischen Grenzern untersagt und so gelangten die Schmuggler alle wohlbehalten zu den Vorposten der Kinzigtaler, die durch die nächtliche Schießerei aufgeschreckt waren und nun größte Vorsicht walten ließen. In diesem Augenblicke stießen auch die beiden Späher Kaspar und Max zu ihnen. Ihre scharfen Augen, denen sonst nichts entging, waren diesmal von den Grenzern getäuscht worden. Unbehelligt hatten die Grenzer die beiden Späher vorübereilen lassen. Von ihrem sicheren Versteck aus wollten sie Anmarschrichtung, Menge der Schmugglerware, Anzahl und Bewaffnung der Bande

feststellen, um dann zum entscheidenden Schlage auszu-
holen und für alle Zeiten das Salzschwärzen zu unterbinden.

Aufregung und Erbitterung herrschte bei den Salzschwärzern.
Zu sicher hatten sie sich immer bei ihrem
nächtlichen Schwarzhandel gefühlt. Fragen wurden laut.
Die Schwärzer standen vor einem Rätsel. Woher kannten
die Grenzer so genau ihren Grenzübertritt? Warum
lauerten sie ihnen gerade hier am Jägersheiligen auf? Da
konnte nur Verrat im Spiele sein. Die gehässigen Äußerungen
der Wasserträgerinnen des Bergdörfleins verstärkte
sie noch mehr in ihrem Verdachte.

Nachdenklich stand der lange Kaspar unter ihnen,
schüttelte immer wieder sein blondes Haupt und sagte:
„Waldhofseppl, ich weiß net, was ich dazu sagen soll.
Wie immer schlichen wir die Grenze vorsichtig ab.
Nichts Verdächtiges war zu sehen, nicht das geringste
Geräusch zu hören. Zumit ???versteckt hatten sich die
Malefizgrenzer. Müssen schon lange in den Büschen auf
uns gelauert haben. Hier stimmt etwas net, könnt's glau-
ben."

„Die verflixten Klatschbasen", rief Neubauersch Franzl
erbost, „die haben uns die Suppe eingebrockt und wir
müssen sie nun auslöffeln. Die haben uns mit ihren gott-
losen
Mäulern beim Bergpfarrer und den Grenzen einge-
schwärzt.

Die haben angebracht, wo wir immer über die
Grenze schlichen, glaubt's, die sind an allem schuld."

Drohend erhob er seine Faust zum nächtlichen Himmel.
„Na, wartet's ab, wir werden's euch heimzahlen. So
ungerupft kommt ihr diesmal net durch. Ihr sollt an uns
denken, ihr Satansbrut, das schwör ich beim nächtlichen
Himmel."

Alle nickten Franzl Beifall. Seppl aber richtete mahnend
seine Worte an seine Kameraden.

„Nun habt ihr alle selbst gesehen, dass Vorsicht am
Platze ist. Am Jägersheiligen können wir nicht mehr
Salzschwärzen. Wir müssen unseren Grenzübergang
verlegen.
Ich schlage als nächsten Weg den Grenzpfad im
Happel vor. Ihr Kinzigtaler werdet uns also in der Wald-
schlucht am Einfluss der Matzemich in den Auerbach
erwarten. Da sind wir von allen Seiten gesichert. Niemand darf etwas über diesen neuen Schmuggelpfad verraten.
Seid vorsichtig. Haltet auch euern Mund bei euern
Mädchen. Die brauchen net alles zu wissen, plaudern
doch manches, was sie besser für sich behielten. Sonst
geht's uns wieder wie heute Nacht. Nun müssen wir
heimwärts zieh'n. Wir wissen nicht, ob die Grenzer zum
Bergdörflein sind und dort nach uns forschen."

Mit kräftigem Händedruck verabschiedeten sich die
Bergdörfler von den Kinzigtalern und Gute Heimkehr
wünschend traten beide Kolonnen den Heimweg an.

Langsam zog die Bande durch den Happel, näherte sich

der Grenze, schlich im Unterholze den Grenzpfad entlang, überschritt dieselbe im Grönje und beobachtete lange von der Höhe des Struthweges das Bergdörflein. Nach all dem Erlebten war doch anzunehmen, dass die Grenzer im Dorfe Hausdurchsuchungen vornahmen, um schwarze Salzbestände und die Anwesenheit der Bewohner

festzustellen. Doch war nirgends ein Lichtschein in den Häusern festzustellen. Auch das Schweigen der Dorfhunde deutete ihnen an, dass im Dorfe alles in Ordnung war.

Am Dorfeingange verabschiedeten sich heute alle besonders herzlich.

„'s ist heute nochmals gut abgegangen", sagte der Waldhofseppl, „das nächste Mal müssen wir auf einen harten Kampf gefasst sein", wünschte allen eine Gute Nacht uns eilte zum Berglenehof.
Sef wartete heute besonders verängstigt auf ihren Seppl. Die nächtliche Schießerei hatte ihr wahnsinnigen Schrecken eingejagt. Als sie nun zitternd vor ihm stand, ihn von allen Seiten musternd betrachtete, fragte Seppl lachend:

„Na, Schatzerl, was suchst denn? Schaust mich ja so sorgenvoll an? Was willst denn?"

„Seppl, was bin ich froh, dass du wieder gesund und heil zurück bist. Ich hab's immer gesagt, es passiert noch was. Lass endlich ab von den gefährlichen Gängen. Hast ja heute selbst gesehen, wie's ausgehen kann. Oder meinst, ich hätte die Schießerei net gehört? Gezittert hab ich am ganzen Leibe und geweint vor Angst und Schreck.

All die Heiligen hab ich angerufen, dass dir nichts passiert.
Seid ihr wieder alle heil zurück?"

„Mei Mädel, brauchst kei Bange zu haben, is alles gut abgange. Keiner hat was abkriegt. Des habe die verflixten Grenzer net umsonst getan. Dös kriegen sie heimgezahlt. Kannst di drauf verlassen. So, nun leg dich schlafen. Bis morgen Abend. Gute Nacht! "

Mit einem innigen Kusse verabschiedete er sich von Sef und eilte dem Waldhofe zu.

Ein schöner Vorfrühlingstag folgte der verhängnisvollen Nacht. Strahlend schob sich die goldene Sonnenscheibe hinter dem Buchwalde hervor, lugte über die Wipfel der schlank gewachsenen Buchen und alten knorrigen Eichen und schickte ihre ersten Strahlen nach dem Bergdörflein, als wollte sie die nächtlichen Schleichhändler mahnen, von ihren dunklen Geschäften abzulassen und in ehrlicher Arbeit ein rechtschaffenes Leben zu führen.

Im Bergdörflein herrschte bereits reges Leben. In Reihen und Gruppen umstanden die Wasserträgerinnen die beiden Dorfbrunnen: Die Bornskammer im Oberdorf, einen metertiefen Schöpferbrunnen, der gewölbeartig übermauert war, an der Vorderseite eine Tür hatte und einer kleinen Kammer glich, und die Tröge im Unterdorf, zwei lange Steintröge, in die aus einem einen halben Meter höher liegendem Rohre das Wasser floss. Bei günstiger Witterung dienten die Tröge dem Vieh des Unterdorfes als offene Tränkstelle, den Bauerfrauen aber

zum Auswaschen und Ausklopfen der Wäsche und Säcke.

Gespeist wurden sie von dem ablaufenden Wasser
des Wiesenbörnchens, das in Holzrohren den Schöpfstel-
len zugeführt wurde. Frauen und Mädchen hatten ein
breites Tragholz auf den Schultern liegen, dessen halb-
runder Ausschnitt sich dem Halse anpasste. An Eisenket-
ten hingen in Armlänge zwei große, schwere Holzeimer,
deren Henkel mit den Händen angefasst wurden. Viele
trugen aber auch ein riesenartiges Wasserfass, eine
hölzerne Wasserbütte auf dem Rücken, die innen mit
Harz bestrichen war und 50 bis 70 Liter Wasser zu fassen
vermochte. Das Wasserholen war nun ganz und gar kein
leichtes Geschäft und musste verstanden sein. Recht vorsichtig mussten die Trägerinnen die gefüllte Bütte tragen
und immer kleine Schritte machen. Zu leicht kam sonst
die Oberfläche des Wassers in wellenartige Bewegung
und ergoss sich über den Büttenrand auf den Kopf und
Hals der Trägerinnen. Es war gewiss kein angenehmes
Gefühl für diese, wenn sich die kalte Flüssigkeit über den
Rücken der Trägerinnen einen Abfluss suchte. Und gar
im Winter bei Eis, Schnee und Kälte war doppelte Vorsicht geboten.

Trotz all dieser Beschwernisse eilten doch die Frauen
und Mädchen gerne zu den beiden Wasserstellen. Waren
sie doch Sammelpunkt des Ober-und Unterdorfes und
gleichzeitig die Auskunftsstelle über alle Neuigkeiten, die
sich im Laufe der Tage zugetragen hatten. Und auf Neu
igkeiten, waren die Trägerinnen des Bergdörfleins sehr
gespannt. Gerne ging man daher zu diesen Nachrichten-
büros, vergaß leichter die durchnässten Kleider, die nur
zu oft die Folge eines einzigen Stolpertrittes waren. Neuigkeiten gab es doch täglich, interessante und harmlose.

Die Plauderstunde an den Schöpferbrunnen nahm daher oft größeren Umfang an. Und so war es auch heute wieder einmal. Heute wussten sie schon in den frühen Morgenstunden etwas ganz Interessantes zu erzählen, In der vergangenen Nacht musste etwas ganz Furchtbares passiert sein.

Breitspurig stand die kugelrunde, dicke Waldlersch Junde vor den Trögen, stemmt ihre fleischigen Arme in die breiten Hüften und erzählte den Unterdörfer Mädchen, die im Kreise um sie standen und gespannt und neugierig ihren Worten lauschten, das große Ereignis der vergangenen Nacht. Gar wichtig konnte sie heute tun und ihre Aussagen mit Handbewegungen und Verheißungen unter Anrufung aller Heiligen im Himmel bekräftigen. Manchmal verfiel sie in einen geheimnisvollen Flüsterton, regte so die Neugierde ihrer Zuhörerinnen immer mehr an und wie von einem Magnet angezogen schoben sich ihre Gesichter immer näher an die Sprecherin, schienen förmlich in die lebhaft gestikulierende Junde kriechen zu wollen.

„Habt ihr denn auch heute Nacht die tolle Schießerei am Schönbornskopf gehört? Heilige Maria Mutter Gottes, das war furchtbar. Das wird was absetzen, könnt mir's glauben. Die Salzschwärzer stürzen noch unser Bergdörflein ins größte Unglück. Dass die Burschen net klug werden wollen. Da muss der Pfarrer in der Kirche mal wieder gehörig zwischenfahrn. So kann das net weitergehen."

„Was is denn schon wieder los", warf die Hauslers Margret ein. Das Schießen hab ich auch gehört. Aber ich hab denkt, es seien Wildschützen, die ihrem unsauberen Geschäfte nachgingen. Und was schad's denn, wenn die mal auf Hirsch und Sau jagen gehen. Die Viecher machen uns doch bloß unsere schönen Äcker kaputt und richten nur Schaden an. Schimpft denn dein Vater net über die Wildsäu, oder die Hirsch oder die Rehcher? Do brauchst doch net so geheimnisvoll zu tun. Des is doch net schlimm, wenn sie die verfluchten Biester umlegen. Die Jäger schießen doch net es Wilbret, die legen sich lieber nachts ins warme Bett. Und auffressen brauchen wir uns doch net lassen von diesen vermaledeiten Viechern.

Da haben die Burschen ganz recht, wenn se den Schießprügel nehmen und mal e bisschen aufräumen. Da freuen sich doch nur unsere Bauern drüber. Da brauchst du dich doch wirklich net so aufzuregen. Geh, lass die Burschen in Ruh! Meist sind es doch Wildschützen aus dem Kinzigtale."

„Na, Margret, wenn's nur des wär, wollt ich gar kei Wörtlein drein rede", erwiderte Junde, „da wollt ich ganz schweigen. Was viel schlimmeres is passiert ...

Auf Menschen haben's geschossen, auf die Grenzer. Und erschossen sollen's einen haben. Ist das net schrecklich?
Das geht doch net. Dazu kann man doch net schweigen. Du sollst nicht töten, haben wir beim Pfarrherrn
gelernt. Soweit darf's doch wirklich net kommen. Ihr werdet sehen. Die Gendarmen führen sie noch alle samt und sonders ab und bringen sie nach Aschaffenburg ins Zwangsarbeitshaus."

„Wo du nur alles her weißt", fiel Margret erbost ein,

„tust ja grad als wärste dabei gewesen. Man kann doch nur das erzählen, was man selbst gesehen hat. Und andern erzählen, was im achten Gebot geschrieben. Wie kannst du nur so lieblos gegen die Burschen sein! Haben dir doch gar nichts in den Weg gelegt. Sonst sind sie dir auch recht. Und wenn Kir ist, bist froh, wenn se mit dir tanzen. Pfui, schäm dich!"

Verärgert über diese Zurechtweisung rief Junde mit lauter Stimme:

"Brauchst gar net bei'n zu halten, bei deinen Burschen. Und doch haben se auf Menschen geschossen, ich weiß es ganz bestimmt. Ne Frau aus em Unterdorf hat's mir erzählt, hat se doch in der Nacht heimlich heimschleichen sehen. Und dein langer Kaspar is auch beigewesen, dass des nur weißt. Willst nur net gern hören, weil's dein Schatz ist. Brauchst mir's ja alle net zu glauben, werdet's schon früh genug von den Gendarmen erfahren."

Hastig bückte sie sich, hängte die auf den Trögen stehende gefüllte Wasserbütte auf ihren Buckel und watschelte ihrem Hofe zu. In ihrer Aufregung stolperte sie über einen Wackerstein und schlenkerte sich das Wasser über den Kopf und Oberkörper.

Schadenfreudige Blicke und leises Kichern verfolgten die dahinwatschelnde Junde bis zur Haustür und verständnisvolles Zunicken der Zurückgebliebenen besagte, dass der üblen Schwätzerin nur recht geschehen sei. Allmählich verließen die Wasserträgerinnen mit ihren gefüllten Gefäßen die Tröge und nur das lustig plätschernde Wasser trug das heimlich Erlauschte in Murmeltönen weiter.

Aber auch in der Bornskammer im Oberdorf bildete
das Tagesereignis den Gesprächsstoff der Wasserträgerinnen.
Hier zeichnete sich besonders die spindeldürre,
voller Hass glühende Binsia aus, die in ihrer hastigen
Redeweise ganze Silben verschluckte und in ihrer Ge-
meinheit und Boshaftigkeit ihre Spucke gleich einem
feinen Sprühregen auf die Zuhörenden niederregnen ließ:

„Die Salzschwärzer haben sich diesmal was Schönes
eingebrockt. Des wird net ungestraft durchgehen. Da

48

könnt ihr Gift drauf nehmen. Das wird ihnen bitterbös
aufstoßen. So was is in unserem Bergdörfchen noch net
vorgekommen. Einen Grenzer zu erschießen! Endlich
werden sie ja mal gefasst werden und ihre Strafe kriegen,
die Lumpen. Die stellen sonst noch es ganze Dorf auf en
Kopp. Da müsst's ja kein Herrgott geben. Und recht ge-
schieht ihnen. Wenn se nur alle miteinander abgeführt
werden. Von Herzen gönn ich's ihnen."

Leichenblass hörte Sef die gehässigen Worte der abge-
zehrten Binsia, die aus ihrem Munde hervorsprudelten.
Sie konnte nicht länger schweigen und warf dem hasserfüllten Weibe die Worte hin:

„Was gehn dich aber die Burschen an? Kümmere dich
doch mehr um dich selbst. Hast grad Dreck genug vor
deiner Tür liegen, feg den schön weg. Woher willst denn
wissen, dass es unsere Burschen waren? Die sind heut
Nacht überhaupt nicht aus dem Dorfe weg gewesen."

"Ah, sieh mal an! Du natürlich, du, du musst bei ihnen halten. Dein Seppl ist ja auch der Hauptübeltäter von den Verbrechern. Grad du hast allen Grund, zu schweigen!"

„Halt 's Lästermaul und lass mich in Ruh", rief Sef in ihrer Aufregung. „Aus deinem Munde ist doch noch kein gutes Wort gekommen. Hast doch weiter nichts zu tun, als andere schlecht zu machen. Zorn hast nur, weil kein Bursch nach dir guckt. Wer will aber auch so eine Giftkröte haben!"

Der Hieb hatte gegessen. Sef fasste ihre gefüllten Eimer und eilte dem Berglenehofe zu. Noch auf dem Wege hörte sie die giftigen Worte fallen:

„Der wird beizeiten ihr stolzes Lachen vergehen. Wird noch mehr weinen als lachen!"

Auch von der Bornskammer eilten die Mädchen rasch in die Häuser und trugen die Neuigkeiten in die Familien.

Beim Mittagsessen bildete das Ereignis den Hauptgesprächsstoff.
Wie ein Lauffeuer durcheilte die Nachricht
das Bergdörflein und gewann gar bald ein ganz verändertes
Gesicht. Böse Zungen wussten dafür zu sorgen, dass
aus dem kleinen Vorfall eine künstlich aufgebauschte
Geschichte entstand, sich ein Gefecht entwickelt hatte,
bei dem es Tote und Verwundete gegeben hatte. Der
Dorfklatsch konnte sich wieder einmal so recht austoben.

Wie gewöhnlich trafen sich abends die Burschen beim Winkelwirte. Auch die Alten saßen bereits bei ihrem

Kännchen und der harten Brotkruste.

Beobachtend überschaute Vetter Kilian seine Stammgäste und rief dem Waldhofseppl ein kräftiges „Prosit!" zu. Im Chore antworteten die Burschen und tranken auf das Wohl ihres geliebten Wirtes.

Auch der Nachtwächter Naaz hatte sich eingefunden und suchte sich Gewissheit über das Vorgefallene zu verschaffen. Neugierig schielte er zum Waldhofseppl hinüber und fragte endlich zaghaft:

„Na, Seppl, warst auch bei der nächtlichen Schießerei?"

„Aber Naaz, wie kommst mir vor? Wie kannst so was von mir denken? Bei meiner Sef bin ich gewesen. Was kümmert mich da das nächtliche Schießen? Mir sind meine heilen Knochen lieber als ein Schießprügel. Wer weiß, wer da wieder jagen war. Sicher der schwarze Peter mit seinen Gesellen aus dem Kinzigtal und Huttischen Grunde. Ich hab ja Fleisch genug, brauch den Wildsauen und Hirschen net nachzurennen. Meinst, ich wag mich in der Geisterstund an den Jägersheiligen? Da spukt's doch. Ich will mit em Malegus kei Bekanntschaft machen, Naaz. Na, so dumm bin ich net."

Damit war die Angelegenheit abgetan. Verständnisvoll zwinkerten sich die Burschen zu und der Winkelwirt strich sich vergnügt durch sein graumeliertes Haar.

„'s wär besser, wenn die Quatschbasen es Maul halten würden," rief Max dem Naaz zu. „Die werden schon noch an uns denken!"

Kaum hatte am anderen Morgen das Glöcklein des am Waldrande liegenden Wallfahrtskirchlein seinen Morgengruß über Tal und Wald erklingen lassen, als drei berittene Gendarmen ins Bergdörflein einritten, vor der Wirtschaft absaßen und ihre Pferde unterstellten. Neugierige Frauen-und Mädchenaugen verfolgten hinter Fensterscheiben versteckt die einreitende Polizei. Misstrauisch warfen ihnen die Burschen, die grade am Füttern des Viehes waren, ihre Blicke nach. Sporenklirrend stolzierten sie die Dorfstraße entlang zum Dorfschulzen. Lange wurde hier verhandelt. Vom Bezirksamte hatten die Gendarmen den Auftrag, den Grenzzwischenfall im Spessartwinkel
zu klären. Deshalb erschienen sie heute in so
früher Morgenstunde.

Der alte Naaz musste alle Burschen über 18 Jahren zum Schulzen bestellen. Mit gewichtiger Miene ging er von Haus zu Haus und brachte den Burschen die schriftliche Order. Aufregung ergriff das ganze Dorf. Die Lästerzungen aber hatten wieder neuen Stoff, wagten jedoch heute kein Wort zu sagen.

Nach und nach stellten sich alle Burschen beim Schulzen ein. Frei von aller Angst durchschritten sie die Dorfstraßen, machten ihre Scherze mit den Mädchen, nickten ihnen freundlich zu und taten, als wäre gar nichts geschehen.
Die Anwesenheit der berittenen Gendarmerie schien sie gar nicht zu berühren.

In der großen Bauerstube des Dorfschulzen saßen bereits der Ortsvorsteher und die Gendarmen um den

Eichentisch und studierten eifrig die Amtsstücke, die vor ihnen ausgebreitet lagen. Jedem eintretenden Dorfburschen warfen die Uniformträger einen strengen, musternden Blick zu, drehten ihren lang gezogenen Schnurrbart und hießen sie auf den Bänken Platz nehmen. Nach Feststellung der Anwesenheit aller Burschen eröffnete der Obergendarm, eine stramme militärische Figur, das Verhör:

„Euer Bergdörflein ist bei unserem allergnädigsten König Ludwig in einen schlechten Ruf gekommen. Das Salzschwärzen hat in diesem Grenzgebiete Formen angenommen, die nicht mehr länger geduldet werden können. Ich kann es schon verstehen, dass das Salzschwärzen ein recht einträgliches Geschäft ist und Abenteuerlust erregt, muss aber energisch gegen alle Übertretungen der bayerischen Gesetze vorgehen. Schon lange sind die Zoll-und Grenzbeamten auf den Salzschmuggel in diesem Waldgebiet aufmerksam geworden. Die Maßnahmen gegen die Übeltäter werden immer schärfer. Rücksicht wird in Zukunft die Regierung nicht mehr nehmen können. Alle Schmuggler müssen daher mit den härtesten Strafen rechnen. Der König kann nicht mehr auf die ausfallenden Zölle verzichten. Nachdem es nun vorgestern Nacht zu einem regelrechten Gefecht zwischen Grenzern und der Schmuggelbande gekommen ist, habe ich den Auftrag, diesen Fall zu klären. Es liegt der Verdacht nahe, dass die Schmuggler aus euerem Dorfe stammen oder sich wenigstens in demselben verborgen halten. Daher habe ich festzustellen, wo ihr euch in der fraglichen Nacht aufgehalten habt. Auch der Ortsvorsteher hat die heilige Pflicht, bei der Fahndung nach den Schmugglern uns energisch zu unterstützen. Über das erfolgte Verhör, über das Ergebnis der Untersuchung ist ein Protokoll auszufertigen und baldmöglichst der königlichen Regierung vor zulegen. Einmal muss und wird die Schmuggelbande dingfest gemacht werden."

Nachdenklich strich er nach diesen Wörtern über seinen gepflegten Schnurrbart, ließ seine strengen Augen von einem zum andern gleiten und fuhr in seinem Verhöre weiter:

„Wer von euch war in der fraglichen Nacht nicht in eurem Dorfe?"

Da meldete sich der Waldhofseppl zum Worte:

„Herr Obergendarm, Sie werden doch nicht annehmen, dass ehemalige bayerische Soldaten zu solchen Taten fähig sind. Wir haben unserem geliebten König den Eid geschworen und werden auch heute wie früher treu zu ihm stehen. Wir haben alle zu leben und sind auf das Salzschwärzen nicht angewiesen. Wir können aber auch den Verdacht nicht auf unserem geliebten Dörflein ruhen lassen, in den es bei dem Könige gekommen ist. Wir sind friedliche, arbeitsame Menschen, die sich nicht wie arbeitscheues Gesindel des Nachts auf verbotenen Wegen herumtreiben. Wir haben vorgestern alle in der Wirtschaft unseren Schoppen getrunken, Karten gespielt und sind wie immer nach dem Besuch unserer Mädchen ins Bett gegangen. Dafür treten unsere Angehörigen als Zeugen auf. Warum sollen grade die Burschen unseres Dörfchens die Verbrecher sein? Warum schickt man grade hierher die Polizei? Warum forscht man nicht dort nach den Schmugglern, wo das Siedesalz hergestellt wird? Dort müsste man doch eher auf die Spur der Bande kommen. Ich muss den Verdacht aufs schärfste von unserem harmlosen Bergdörflein zurückweisen."

Zurufe und Nicken der Burschen zollten dem Waldhofseppl

Beifall. Er hatte bewiesen, dass er der rechte Mann zur Klärung einer unangenehmen Lage war. Auch der Ortsvorsteher hatte gespannt und lächelnd den Ausführungen des Waldhofseppls gelauscht. Wieder einmal hatte er die gefährliche Situation gerettet, seinem Dorfe die Ehre erhalten, ihm selbst aber einen zenterschweren Stein vom Herzen genommen. Gar zu unbeholfen stellte er sich beim Reden an. Aber der Seppl war ein weltgewandter Mensch, vor ihm musste man Achtung haben.

Mit sichtlichem Wohlbehagen hatten die Gendarmen dem stattlichen, schön gewachsenen Burschen zugehört. Das militärische Benehmen hatte ihn in ihrem Ansehen noch höher steigen lassen. Wieder wandte sich der Obergendarm an alle Burschen:

„Ich freue mich, der Regierung mitteilen zu können, dass das Bergdörflein nichts mit dem Salzschwärzen zu tun hat. Ich hoffe, dass dies auch in Zukunft der Fall sein wird. Damit ist die Angelegenheit erledigt. Ihr könnt nach Hause gehen."

Kurz grüßend verließ Seppl mit den übrigen Burschen die Amtsstube und alle gingen zum Frühschoppen in die Wirtschaft.

Noch einmal spendete der Obergendarm dem Schultes

sein Lob über den schneidigen Burschen, der so redege-
wandt auftreten konnte.

Der Winkelwirt lugte bereits gespannt zum Fenster
hinaus als Seppl mit seinen Kameraden den Hof betrat.
Freudige Gesichter strahlten ihm entgegen und ließen
erkennen, dass die Angelegenheit einen günstigen Ver-
lauf genommen hatte.

Alle drängten sich um den Ausschank. Der Frühschoppen
wurde heute stehend eingenommen. Die Winkelwirtin
guckte über ihre Brillengläser und ihr kugelrundes
Bäuchlein geriet wieder einmal beim Lachen in springen-
de Bewegung.

„Seppl, Seppl", erhob sie drohend den Finger, „sie sind
euch auf der Spur. Nehmt euch in Acht!"

„Seid unbesorgt, Bas Lene, sie kriegen uns net. Wenn
man den Fuchs fangen will, muss man in seine Höhle
gehen. Und unsere Höhle hat gar viele Ausgänge."

„Recht so, Seppl", rief die Bassstimme des Winkelwirtes.
„Man muss sich auch aus der Schlinge ziehen können.
Man muss sich winden, wie ein Aal. Dann kann
nichts passieren. Aber aufpassen könnt ihr nun besser."

Da kamen auch schon die drei Gendarmen zur Wirtsstube
herein, packten ihr Frühstück aus und tranken einen
guten Selbstgebrannten des Winkelwirtes. Eine angenehme
Unterhaltung über die Dienstzeit in München und
Aschaffenburg schloss sich an. Mit freundlichem Lächeln

betrachtete der Obergendarm immer wieder den Waldhofseppl, den er wohl lieber in den Reihen seiner Polizei-
streife gesehen hätte.

Es ging gegen Mittag zu als einer nach dem anderen
seinen väterlichen Hof aufsuchte. Die Mittagsglocke
hatte die letzten Grüße über Täler und Berge des Wald-
winkelgebietes gesandt, als erneuter Hufschlag ?????(das
Verlassen der Gendarmeriestreife) den Bergleuten verkündet, dass die Gendarmeriestreife das Dörflein verlassen habe.

In der Winkelwirtschaft saß man gerade beim dampfenden Mittagessen. Dem Leibgericht des Wirtes, Sauerkraut
mit Erbsenbrei und Schweinerippchen, sprach man
nach dem Erlebten des heutigen Tages tüchtig zu und
lobte die Kochkunst der Wirtin sondermaßen. Ja, auf ihre
Küche war Bas Lene gar stolz und meisterhaft verstand
sie es, für das leibliche Wohl ihres geliebten Ehemannes
zu sorgen.

Kathrine, die Magd, kaute langsam Bissen für Bissen
und schaute nachdenklich auf die dampfenden Schüsseln.
Irgendetwas schien heute ihre Gedanken zu sehr in Anspruch
zu nehmen. Auch der Winkelwirt hatte dies längst
beobachtet und warf einen fragenden Blick auf die sonst
so gesprächige Magd, die ihre Kaumuskeln heute gar zu
langsam arbeiten ließ und öfters drückte und knürte, als
wollten ihr die Brocken in der Gurgel stecken bleiben.

„He, Kathrine, schmeckt es Essen heute denn net",
fragte endlich der Winkelwirt seine Magd. „s'ist doch
unser Leibgericht. Bist ja alleweil gar zu schweigsam. Ist

doch nicht sonst deine Art. Das bin ich wirklich net von dir gewöhnt. Kaust ja so langsam und bedächtig wie unsere alte Scheck im Stall. Und drücken tust, als wollten dir die Brocken im Halse stecken bleiben. Was hast denn nur? Doch nicht etwa Liebeskummer?"

„Na, na, Bauer. ‚s Essen ist ganz vorzüglich. Müsst's net eure Frau zubereitet haben!", sagte Kathrin in ruhigem Tone. „Auch Liebeskummer quält mich net. Na, Bauer, darüber brauchst keine Sorgen zu haben. Aber ich weiß selbst net, was mir ist. ‚s ist mir halt heut gar so komisch. Muss zu viel an den heutigen Tag denken und da will mir's so recht net schmecken."

„Geh. Kathrine", sagte die Wirtin, „wer wird durch alberne Schwätzereien sich den Appetit verderben lassen! Musst net alles glauben, was die Quatschbasen beim Wasserholen auftischen. Die haben sonst nichts zu tun als anständige Leut zu verkleinern."

„Ja, recht habt ihr schon, Bäuerin, aber aus der Luft gegriffen kann doch auch net alles sein. Und glaubt mir's, ganz unschuldig sind die Burschen auch net. Und wir werden's noch erleben, dass sie eines Tages abgeführt werden!"

„Aber Kathrine", ertönte die Bassstimme des Winkelwirtes, „sei doch nicht so albern. Niemand kann den Burschen nachweisen, dass sie auf verbotenen Wegen wandeln. Selbst die Gendarmen konnten ihnen nicht ans Leder. Und wie freundlich hat sich der Gandarmerieoffizier mit dem Waldhofseppl unterhalten. Hat rechten Spaß an ihm gehabt. Es war eine Freude, ihrem Gespräche zuhören zu können. Schier verliebt hat er sich in den Waldhofseppel. Da hätte die Sef rein eifersüchtig werden können."

„Ja, wenn's e schöns Mädel gewesen wäre, könnt's schon recht behalten, Bauer. Lene Sef ist ein feueriges Dirndl und hat den Seppl sakrisch gern. Da könnt's leicht möglich sein, dass ihre heiße Liebe in wahnsinnige Eifersucht ausartet. Doch so hat se ja nichts zu befürchten. Aber Sorgen macht sie sich halt doch genug um ihren Seppel. Das Salzschwärzen tut ihr halt net gefallen und gar manchen unliebsamen Auftritt hat es bereits zwischen beiden gegeben. Wie das mal enden wird, weiß der liebe Gott allein. Der Lenebauer ist über dies Liebesverhältnis furchtbar aufgebracht."

„Wird sich halt beruhigen müssen", gab der Winkelwirt zur Antwort. „Möchte nur mal wissen, was er an dem Seppl auszusetzen hat. 'S ist doch ein anständiger, famoser Bursche. Kann sich überall sehen lassen und an Mädels fehlt es ihm weiß Gott doch wirklich net. Braucht nur zuzugreifen. Dem laufen doch alle nach. ,s ist ein verträglicher, ruhiger Mensch. Noch niemand im ganzen Dorf hat mit ihm Streit gehabt. Überall ist er beliebt und gern gesehen. Und auftreten kann er wie niemand mehr im Dorfe. Erst heute hat er das wieder bewiesen. Unserm Dorf hat er seinen guten Namen gerettet und gered' hat er mit den Gendarmen, wie's der Vorsteher net besser gekonnt
hätte. An dem ist ein Advokat verloren gegangen.
Der lässt sich so leicht net unterkriegen. Der kann doch mit jedem Städter auftreten. Und ein Bauer ist er mit Leib und Seel. Weit und breit ist so keiner anzutreffen. Da schau dir mal seine Äcker an. Fehlt's da vielleicht irgendwo?

Findest da Unkraut oder versumpfte Stellen? Ist da nicht alles in bester Ordnung? Seine Äcker fallen doch jedem in die Augen und zieren und ehren die ganze Dorfflur.

Stolz muss unser Dörflein auf unser Seppl sein. Weiß der liebe Herrgott, was der Berglenebauer denkt, auf wen er noch wartet. Der kann doch wirklich keinen bessern und tüchtigeren Schwiegersohn auf seinen Hof bekommen. Was er nur an dem Waldhofseppl auszusetzen hat? Schad, dass ich kei Mädel hab. Den Seppl tät ich mit offenen Armen als Schwiegersohn aufnehmen. Der Berglenebauer wird schon noch sein Unrecht einsehen und froh sein, wenn der Waldhofseppl als junger Mann einzieht. Ist's net so?"

„Da lob' ich mir die Lene Bäuerin", fiel die Wirtin ein. „Die hat mehr Einsicht als der dickschädelige Bauer, die weiß, was se will. Die freut sich, dass ihr einziges Mädel einen solch guten Griff getan hat. Na ja, Alter, Frauensleut sind halt in Freiersangelegenheiten viel schlauer und geriebener als Mannsleut. Solch ein schönes Paar wie der Seppl und die Sef hat unser Dörflein schon seit Menschengedenken net mehr gesehen. So was gibt's net alle Tage. Und eine Brautmutter ist auf ihren schönen Schwiegersohn ganz besonders stolz. Ihr werdet's sehen, die beiden kommen eher zusammen, als ihr denkt!"

„Das hab ich auch schon oft denkt", pflichtete ihr der Winkelwirt bei. „Der Berglenebauer wird schon noch beizeiten zur Besinnung kommen und seine Einwilligung geben. Ist halt ein rechthaberischer, grober Dickschädel, der länger als andere braucht, bis er sein Unrecht einsieht."

„Mag schon sein", meinte Katherine, „auch ich wünsch den beiden von Herzen, dass sie bald als ein junges Paar in unserem Bergkirchlein am Traualtare stehen und den Brautsegen empfangen. Die beiden lassen doch net voneinander,
da hilft alles Schimpfen und Zanken des stolzen Bauern net. Und Menschen, die zusammengehören, darf man net mit Gewalt voneinander trennen."

„Ja, das mein ich auch", warf die Wirtin dazwischen.

„Was sich zusammengefunden hat, gehört zusammen."

Flink sprang die beleibte Wirtsfrau auf, schlug das Kreuzzeichen, faltete die fleischigen Hände und schnurrte in gewohnter Weise das Tischgebet herunter. Während Magd und Bäuerin sich in der Küche mit Spülen zu schaffen machten, ergriff der Bauer seine speckige Mütze und ging in den Stall, hier nach dem Rechten zu schauen.

Beinahe schien es so, als sei der dörfliche Frieden wieder eingekehrt und die unliebsame Salzschwärzergeschichte begraben. Doch immer wieder verstanden es einzelne Lästerzungen, immer wieder neues Öl auf die glimmenden Flammen des Hasses und Neides zu gießen, es zu zeitweiligem Auflodern zu bringen und dafür zu sorgen, dass die lodernde Flamme des Neides nicht ganz zum Erlösche kam. Daran änderte auch das viele Kirchengehen dieser scheinbar frommen alten Jungfern nichts. Sie legten sich das Gebot der Nächstenliebe nach ihrem eigenen Sinne aus. Es war nicht in ihrem Herzen fest verankert, brachte keine Werke echter christlicher Nächstenliebe, sondern saß nur lose auf den Lippen und fügte im Geheimen auf gemeinste Art dem Nachbarn schwersten Schaden zu.

Daran konnte auch der Bergpfarrer nichts ändern, der ganz unter dem Einfluss seiner Haushälterin, einem wirklichen Hausdrachen, stand und bei den Dörflern nur unter dem Namen Parrschen bekannt war. Mit all den lieblosen Dörflern stand sie in Verbindung, war daher auch bestens über alle Tagesereignisse und Geschehnisse unterrichtet. Täglich konnte man sie im Dorfe sehen, stundenlang verweilte sie in den Häusern, in denen kein gutes Wort über den Nachbarn gesprochen wurde. Hier konnte sie so recht ihre sündhafte Neugierde befriedigen, hier bekam sie Auskunft über das Leben und Treiben der jungen, verliebten Leute und konnte so reichlich Stoff für die sonntäglichen Predigten sammeln. Dabei war sie selbst in ihren jungen Jahren ein mannstolles Weib gewesen, das in ihrer Putz-und Gefallsucht alle Burschen umstrickte. Und wenn bei der „Kir" die Musik aufspielte, versäumte sie auch jetzt in ihren bejahrten Tagen keinen einzigen Tanz. Je toller, desto lieber wirbelte sie mit ihrem Tänzer durch den Saal des Winkelwirtes. Gerade sie spielte aber nun als Sittenrichterin der Jugend eine gewichtige Rolle.

Sie war eine Person von 60 Jahren, von mittlerer, behäbiger
Figur, kam in flottem Gange durch das Dorf geschnallt, trug zu gerne als äußeres Zeichen der Bildung
eine Brille, unter deren Gläsern zwei verhältnismäßig große Augen angriffslustig hervorblitzten. Eine böse Zunge war das Werkzeug ihres Herzens und das Weiße der großen Augen sprühte hasserfüllte Blicke aus. Auf ihren täglichen Gängen durchs Bergdörflein war sie mit

Regenschirm, großer Einkaufstasche und Kopftuch aus-
gerüstet,
Gebrauchsgegenstände, die für sie unentbehrlich
und sehr nützlich waren. Der Schirm verlieh ihr den nöti-
gen
Schutz gegen Gefahren, die ihr in dieser waldreichen,
???? niederschlagsreichen Gegend von oben drohten, die
große Tasche barg die Gnaden leiblicher Art, die ihr im
Dörflein reichlich verliehen wurden, und das Kopftuch
ersetzte auf dem Heimweg bei den vielen Ständchen im
Freien die fehlende Wärme.

Erreichten in einer Bauernstube die Erzählungen der
lieblosen Menschen ihren Höhepunkt, dann war die Parrschen in ihrem Element. Sie zeigte sich immer als Res-
pektperson, die in Sachen der Moral das letzte Wort zu
reden hatte. Ihre Standpredigt endigte aber immer mit
denselben Worten:

„Ihr Kenn, das sind Zustände in der heutigen Zeit! Das
hätten wir bei unserem Vodderche uns net getraut. Wer
hat sich do in der Nacht uff der Straß herumgetriebe. Mit
der Gässel un em Besestiel wenn mer wärrn empfange
worde. Do musst mer in der Stube bleibe und
en Rosekranz bete. Warum schreit' do der Bürgermeister
net ei. Der is doch do zuständig. Muss denn alles ver-
komme.
So kann dos net weitergehe. Dos moss uch e mol
em Herrn soa. Der moss wieder mol dezwesche foar. Do
wiadds annerscht. Verlosst euch druff.“

Ja, die Parrschen fasste ihre Mission gar gewissenhaft
auf. Doch wusste sie immer das Gute mit dem Nützlichen
zu verbinden. Nicht umsonst war die große Tasche auf

den abendlichen Dorfgängen ihre Begleiterin. Sie hatte nun einmal eine eigenartige Begabung, mit ihrem Redeschwall
das Mitleid der Dörfler zu erregen.

„Ah Gott, der arm, krank, ahl Herr sitzt allei daheim. Net ei Ei, net ei Löffelche Mehl, net ei Brot honn mer im Haus. Mei letzt Dippe Fett ho ich ogebroche. Kei Stück Fleisch, kei Stück Wurst, kei Stück Schinken, kei Stück Speck hot mer meh. Ich weoiß wahrhaftig in Gott bal net mehr, was ich dem arme Mann vorsetze soll. So schlecht, wie's uns geht, geht's keinem Mensch uf Gottes weite Welt!"

Ertönte dieses Klagelied, dann kollerten dicke Tränen die Wangen herunter, unaufhörliches Schluchzen war zu hören und mit dem Taschentuche wurden die Tränenströme abgetrocknet, ja dann wurde auch das verstockteste Herz der Bäuerin ??? für den armen hungernden Herrn herbei, was in Küche und Keller aufgespeichert war. Die Taschen der schluchzenden Parrschen füllten sich, ihre Mission galt nun erst als beendet und die Tränen wichen einem freudigen Gesichtsausdrucke, einem schallenden Lachen. Mit einem herzlichen „Vergelt's Gott" verließ sie das Haus, um im nächsten dasselbe Theater aufzuführen.
Dabei fehlte es in ihrem Haushalte an nichts, waren Kisten und Kästen gefüllt und gar manche Gabe Gottes ging zugrunde.

Sie war eine wirklich gute Haushälterin, eine sehr einträgliche Person. Nicht nur geistliche Nahrung, Stoff zu den Predigten schleppte sie heran, sondern auch für des Leibes wohl war sie sehr besorgt.

Heute Abend kam sie gerade mit der spindeldürren Binasia aus Wäldlersch. Mit der hasserfüllten Junde hatten sie die Ereignisse die am ??? Dälles Neubauersch Franzl und dem langen Max, die von ihren Liebchen kamen.

„Na, Franzl, gibt's bald en gute Tag", redete die Parrschen den jungen Neubauer an. Er schien bei ihr in besonderem Ansehn zu stehen.

„Noch hab ich Zeit. Man darf sich nicht übereilt in die Ehe stürzen", war die Antwort Franzels.

„Na, ich hab gedacht, der Herr dürft euch bald trauen. Seid doch beide alt genug. Oder fürchtest dich vor deiner Margret?"

„Warum soll ich mich fürchten. Meine Margret und ich sind und einig und der Herr wird's schon noch früh genug erfahren, wenn unsere Hochzeit ist. Alleweil hab ich noch kei Zeit dafür."

Die giftkrötige Binasia konnte es nun auch nicht mehr übers Herz bringen, zu schweigen. Verbissen warf sie ihm die Worte hin:

„I glaub's scho, dass du eben kei Zeit zum Heiraten hast. Salzschwärzen geht ja auch vor die Frau."

„Halt's Maul, du Lästerzunge. Du solltest dich um deine Sachen kümmern und nicht immer anderen an der Ehre nagen. Sonst passiert dir eines Tages mal etwas anderes. Verstehst!", gaben die beiden als Antwort zurück.

„Na, na, ihr zwei", sagte die Parrschen, „warum gleich so hoch. Getroffene Hunde bellen. Scheint schon was Wahres dran zu sein. Aus der Luft kommt so was net geflloge. Ich mein auch, ihr sollt von euern Händeln lassen. ,s ist besser für euch und 's ganze Dorf. Der Herr hat's auch schon gesagt."

„Hast wohl wieder Wirkmehl geholt? Wär besser, ihr kümmert euch net so viel um uns. Wir wissen schon, was wir zu tun haben. Und der Herr soll auch net so auf euer Gewäsch hören, da kommt er weiter als so. Das kannst ihm ausrichten. Man soll net unnötig Staub aufwirbeln. Wer aber Wind sät, wird Sturm ernten. Treibt's net auf die Spitze, sonst müsst ihr Beweise führen. Wir werden 's uns in Zukunft net mehr gefallen lassen."

„Zu allem kann aber der Herr doch auch net schweigen, Max und Franzl. Für was is er denn als Seelsorger in unser Dorf geschickt worden. Er kann doch net zugeben, dass Menschen umgebracht werden. Na, er is doch seinem Herrgott emol Rechenschaft schuldig. Oder meinst net?"

„Erst muss er beweisen, dass wir die Übeltäter sind. Dann kann er von der Kanzel runter sagen was er will. Und sonst muss er schweigen. Verstehst mi? Und du tätst auch besser und gescheiter, wenn du net allen Dorfklatsch heim ins Parrhaus schleppen würdest. Störst damit nur den dörflichen Frieden. Das will der Herrgott ganz und gar net. Und nun Gut Nacht zusammen."

Mit diesen Worten verließen Max und Franzl die beiden Frauensleut und eilten ihren väterlichen Höfen zu.

Wieder war eine Woche vergangen und das Aveglöcklein
läutete den Sonntag ein. Selten schön lugte die
Sonne hinter dem Buchwalde hervor, ihre ersten Strahlen
trafen die Kirchenturmspitze, dessen Wetterhahn heute
besonders gutes Sonntagswetter ankündigte. Berg und
Tal, der heimatliche Spessartwald hatten ihren schönsten
Sonntagsstaat angelegt, um gleich den Menschen des
Schöpfers Allmacht und Herrlichkeit zu loben, ihm für
seine liebreiche Güte zu danken. In den Häusern des
Bergdörfleins rüstete sich jung und alt zum Kirchgange.
Die Burschen versammelten sich beim Winkelwirte und
die Mädchen bemusterten neugierig die ersten Kirchgänger.

Melodisch erklangen die drei Glocken des Bergkirchleins
und riefen die Dorfbewohner zum feierlichen Gottes-
dienste.
Die Burschen nahmen ihre Plätze an der Brüstung
der Empore ein, obwohl sie der Bergpfarrer viel
lieber in den Kirchenstühlen des Schiffes gesehen hatte.
Zu sehr störte ihn die Besetzung der Empore. Schauten
doch so die Burschen von oben herab auf den von der
Kanzel predigenden Pfarrer. Das wirkte verwirrend auf
ihn und beeinflusste ihn zu sehr beim Sprechen. Doch
konnte er sie nicht dazu bewegen, ihre Plätze unten im
Schiffe einzunehmen. Alle unternommenen Versuche
waren fehlgeschlagen. Von der Empore aus konnten sie
die Dorfschönen und ihre Geliebten besser beschauen
und unbeobachtet Bemerkungen fallen lassen oder ihre
Erlebnisse austauschen. Gar oft fand auch von hier aus
ein Papierkügelchen vom Daumen und Zeigefinger als
Wurfgeschoß geschleudert als ersten Sonntagsgruß den

Weg zur Geliebten. Wenn sich dann errötend das Lockenköpfchen senkte oder ein verlegenes Lächeln über Gesicht huschte, dann war auf beiden Seiten die Gewissheit
vorhanden, dass auch ihre Liebe an dieser gottesheiligen Stätte keine Grenzen kannte. Wohl erregten diese Liebeserzeugungen bei den älteren Kirchgängern Ärgernis, aber Abhilfe konnten sie auch nicht schaffen, da sie in ihren jungen Jahren Gleiches getan hatten. So mussten sie denn auch wohl oder übel der Jugend in ihrem Liebesspiele freien Lauf lassen.

Besonders feierlich erklängen heute die Akkorde der Orgel. Der Organist holte sein bestes aus dem alten Instrumente heraus.

Der Bergpfarrer legte sein Messgewand auf den Altartisch und schritt zu Kanzel, das Wort Gottes seinen Schäflein zu verkünden. In würdevollem Ernste stieg er die Stufen des Altares herab. In seinem Gesichte lag heute etwas Eigenartiges, sein Gang und seine Haltung deuteten darauf hin, das etwas ganz Besonderes zu erwarten war. Gespannt schauten daher alle Kirchenbesucher zu dem greisen Bergpfarrer nach der Kanzel empor. Mäuschenstille herrschte, als der Bergpfarrer seine Blicke zur Empore gleiten ließ und ernst und nachdenklich begann:

„Geliebte Zuhörer! Es ist nicht meine Art von dieser Stelle aus zu euch über Dinge zu sprechen, die nicht ins Gotteshaus gehören. Doch die drei Ereignisse der letzten Tage zwingen mich, als euer Seelsorger hierzu Stellung zu nehmen. Es ist euch nicht erlaubt, die Gesetze der weltlichen Obrigkeit zu missachten. Gebt Gott, was Gottes ist und dem Kaiser, was des Kaisers ist. Niemals kann ich in meiner christlichen Gemeinde dulden, dass sie der Sitz einer Salzschwärzerbande ist. Niemals darf ich auch zugeben, dass sich Menschen durch Diebstahl, denn weiter ist ja das Schmuggeln mit Salz nichts, ungerechten Reichtum anhäufen. Niemand von den Salzschwärzern hat aber auch das Recht, das Leben der königlichen Zollbeamten, die ja weiter nichts als ihre Pflicht tun, zu gefährden. Es ist unverantwortlich, diesen Beamten nach dem Leben zu trachten, sie kaltblütig mit der Waffe umzulegen. Du sollst nicht töten, steht geschrieben im Gesetze des Herrn. Es ist feige und gemein, um eines kleinen Gewinnes wegen dem Nächsten das Leben zu nehmen. Ich warne nochmals von dieser Stelle. Lasset ab von eurem sündhaften Treiben! Meidet die Lust zur Sünde und die nächste Gelegenheit! Schimpf und Schande ruft ihr über euch und unser Dörflein herab. Der Fluch Gottes wird eurer bösen Tat auf den Fersen folgen und gleich Kain werdet ihr unstet und flüchtig sein. Noch ist es nicht zu spät, noch ist kein Menschenleben zu beklagen, noch kann das Schlimmste verhütet werden. Seid wahrhafte, echte Christen und handelt in christlicher Nächstenliebe. Wie wollt ihr dereinst vor eurem göttlichen Richter bestehen können? Soll unser Dorf die Brutstätte von Dieben, Wegelagerern und Mördern werden? Sorgt dafür, dass das Dorf den guten Namen, den es bisher bei der Regierung hatte, auch weiterhin behält. Ein jeder trage dazu bei, dass die schlimme Unsitte des Salzschwärzens endgültig beseitigt wird. Ihr alle seid mit verantwortlich für das boshafte Treiben einzelner Dorfbewohner. Die Nacht ist keines Menschen Freund. Daher sucht euch

eueren Verdienst in ehrlicher, biederer Tagesarbeit. Ich
will hoffen, dass meine Ermahnung nicht auf steinigen
Grund fallen, dass Vernunft siegen wird und das Salzsch-
ärzen ein für allemal aufhört."

Bei den letzten Worten warf er nochmals einen strafenden
Blick zur Empore hinauf und verließ die Kanzel.

Ein Räuspern ging durch die Reihen der Kirchenbesucher,
verlegen und errötend schauten die Dorfschönen
vor sich hin. Hüsteln und Scharren war von der Empore
zu hören.

Die Stimmung der Kirchenbesucher war merklich gesun-
ken, manche beteiligten sich fast nicht mehr am Gesange,
ließ den Organisten vollkommen im Stiche.

Kaum hatte der Bergpfarrer den sakramentalen Segen
erteilt, als früher wie gewöhnlich die Burschen hastig die
Empore verließen und zum Winkelwirte eilten, um hier
die Predigt näher beleuchten.

Auch die Mädels eilten schneller als üblich nach Hause.
Man sah sie nicht wie an anderen Sonntagen in Gruppen
zusammenstehen. Nur drei machten eine Ausnahme:
die Haushälterin des Pfarrers, die Binsia und die Junde.
Wie aufgeblasene Puten pflanzten sie sich auf dem Dalles
auf und fuchtelten emsig mit ihren Händen in der Luft
herum. Immer mehr krochen sie mit ihren Köpfen inei-
nander
und verliehen dadurch ihrer Schwatzhaftigkeit
noch größeren Eindruck. Sie freuten sich so recht, dass

der Bergpfarrer endlich einmal den Mut gefunden hatte, offen zu den Übeltätern zu sprechen.

Von der Wirtschaft aus beobachteten die Burschen dieses Kleeblatt und wussten nun, wer dem Bergpfarrer so reichlich Stoff zur heutigen Predigt geliefert hatte.

Nach der Mittagsandacht trafen sich gewohnheitsgemäß die Burschen und Mädchen am Ostausgange des Bergdörfleins zu ihren sonntäglichen Spaziergängen. Die heutige Predigt bot genügend Stoff zur Unterhaltung, manche abfällige Bemerkung war zu hören und manch vorwurfsvolle Worte wurden den Burschen unter die Nase gerieben. So näherte man sich dem Steinbruche, der am Südabhange der steil abfallenden Alsberger Platte lag. Hier bot sich ein besonders reizender Blick in den kuppenreichen und von idyllischen Waldtälern durchfurchten Nordspessart. Der Steinbruch war schon lange Jahre außer Betrieb, da sich der verwitterte und faule Basaltstein nicht gut für den Straßenbelag eignete. Infolgedessen war die Bodenfläche mit einem üppigen Grasüberzug bewachsen und zwischen den verwitterten Basaltsteinen der steilen Wände wucherte dichtes Buschwerk, Weißdorn, Schlehe, Hasel, Maßholler, Heckenrose und Hainbuche. Verstohlen lugten am Rande des Buschwerks die blauen Blüten des Augentrostes hervor und die zartrot angehauchten Blüten des Gänseblümchens, die nach Honig duftenden Köpfe des Stein-und Rotklees zierten den saftgrünen Rasen. Überwachsene Erdmassen hoben sich stufenweise aus der ebenen Grasfläche hervor, waren von zwei Seiten von Buschwerk eingefasst und verliehen der gesamten Anlage das Aussehen einer Fleckchen Erde, das bildete das Ziel der sonntäglichen Ausflügler. Hier konnte sich die erwachsene Jugend so recht ungestört dem Spiele widmen und nach Herzenslust austollen.

Aber heute wollte keine rechte Stimmung aufkommen. Wieder ist es der Waldhofseppl, der die Situation rettete. Plötzlich stand er auf der mannshohen, von lebendigen Kulissen umrahmten Naturbühne und forderte alle auf, die Moralpredigt des Bergpfarrers endlich beiseite zu schieben und wie allsonntäglich dem fröhlichen Spiele und Gesang zu huldigen.

„Nicht zum Leichenschmause sind wir hier hergekommen. Nach Tagen harter Arbeit wollen wir unsere Jugend genießen und von Herzen fröhlich sein. Daher auf zum frischen, frohen Spiele!"

„Bravo Seppl", scholl es ihm lachend entgegen. „So ist's recht! Trübsal können wir noch lange genug schwitzen.
Allweil wollen wir froh und lustig sein!"

Voller Stolz und Freude blickten die Mädchen auf den Waldhofseppl, der doch immer das Herz auf dem rechten Fleck hatte. Paarweise lagerte sich die Jugend im Rasenpolster des Bruches und Seppl bekam einen besonders herzlichen Händedruck seiner Sef zu spüren.

Das Spessartlied erklang und die letzten Akkorde brachen sich im dreifachen Echo des Klingbachtales. Lied und Spiel wechselten in bunter Folge und bei bester Laune
verflogen die Stunden. Der Heimweg führte über den parkähnlichen Waldweg zur alten Höhenstraße, dem Eselweg, und von hier aus durch den Buchwald zum Bergdörflein zurück.

Am Köpfchen, dem zum Dorfe vorspingenden Waldstück bei Schusters war noch frohes Leben. Die Alten huldigten hier dem Kegel-und Schießsporte. Gar frohe Laune herrschte, denn des Winkelwirtes Bayerisches und sein Selbstgebrannter hatten bereits ihre Wirkung getan. Begeistert schloss sich die Jugend den Alten an. Preiskegeln wurde eingelegt. Es ging um die „Meisten." Drei Wurf standen jedem zu. Seppl nahm sich die schwerste Kugel und mit wuchtigem Schwunge ließ er sie die Bahn entlangrollen. „Alle Neune", brüllten die Kegelbuben. Die zweite Kugel prasselte in die Puppen und wieder erscholl der Freudenruf: „Alle Neune!" Zum dritten Mal schiebt er die Kugel zur Bahn. „Kranz!", brüllten wiederum die Buben, eilten flink mit dem König zu Seppl, sich den übliche Groschen zu holen.

Auch die anderen Burschen, erzielten gute Würfe und erwiesen den Alten, dass auch sie Meister dieses im Bergdörflein so beliebten Sportes waren.

Voller Stolz schauten die Alten auf den Waldhofseppl, diesen schneidigen Burschen und tranken ihm jubelnd zu.

Auch der Schießsport, der unter Leitung des Revierförsters stand, zeitige gute Ergebnisse. Hier zeichneten sich besonders die beiden Späher Max und Kaspar aus, die immer wieder Meisterschüsse den übrigen Schützen als Vorlagen hinlegten.

Allzu schnell nahte so der Abend heran. Hinter den Ausläufern des Vogelsberges über Wächtersbach verschwand allmählich der rote Feuerball der Sonne, hauchte zum Abschiede noch einmal die Kuppen und Kegelberge des Spessarts mit einem zartvioletten Schimmer, dem Spessartglühen, an, ließ die Umrisse des Feldberges und der benachbarten Taunusberge selten klar in Erscheinung treten, huschte zum letzten Mal über das Kinzigtal hinauf zum Bergdörflein und ermahnte die Dörfler an ihre Heimkehr. Frohgelaunt stimmte die Jugend in das Lied ein:

„Goldne Abendsonne,
wie bist du so schön!
Nie kann ohne Wonne
deinen Glanz ich seh'n!"

Wochen waren vergangen. Das Leben nahm seinen gewohnten Lauf. Es war herrliches Sommerwetter und alles mit dem Einbringen des Heues beschäftigt. Schon beim ersten Hahnschrei eilten die Mäher mit ihren geschulterten Sensen, aufgekrempelten Hemdärmeln, das Schlotterfass mit Wetzstein über dem Gesäß am Leibriemen hängend, den großrandigen Hut im Genicke auf die Wiesen. Es war eine Lust, den kräftigen, braun gebrannten Mähern zuzusehen. Die Bergwiesen hatten heuer tüchtig Futter und das Herz der Hofbesitzer jubelte trotz anstrengender Arbeit. Es war doch die Haupternte der Bergbauern, denn die Viehzucht erzielte die größte Einnahme.
War aber das Heu gut eingebracht, so waren die Sorgen für das kommende Jahr geschwunden. Bei dem Mangel an Arbeitskräften sprang einer für den anderen ein, und in harmonischer Gemeinschaftsarbeit halfen sich gegenseitig die Nachbarn beim Mähen. Es hatte über Nacht reichlich getaut und das kleine, blätterige Gewächs

der Bergwiesen, Steinklee und Wicken, schimmerte silberweiß in den Strahlen der hinter dem Buchwalde aufsteigenden Sonne. Trautropfen glänzten gleich Perlen an jedem Halme. Die Sense rauschte klingend durch das taunasse Gras der von Hecken und Buschwerk eingefriedeten Wiesen, die reich an Quellen und Wassergräben waren. In langer Reihe waren die Mähder im Strauch, dem Wiesengrundstücke des Winkelwirtes angetreten. Der Waldhofseppl, Neubauersch Franzl, der lange Max und Kaspar, sie alle halfen ihrem Wirte mähen. Den jungen, in der Vollkraft ihres Lebens stehenden Burschen ging das Mähen flott von der Hand. Im nassen Grase konnten sie besonders große Mahden hinlegen und das hohe, rotschimmernde Schmelengras senkte unter den wuchtigen Sensenhieben stäubend sein Haupt. Mächtige Grasmahden türmten sich so hinter jedem Mähder auf und zeugten von der Kraft, Ausdauer und Geschicklichkeit der angehenden Jungbauern. Hin und wieder gab es eine kleine Ruhepause, der Wetzstein fuhr im Zweitakte über die klingende Sense und verlieh ihr die fehlende Schärfe. An Späßen und Witzen fehlte es hierbei nicht und Neubauersch Franzl konnte man in seiner humorvollen Art immer wieder rufen hören:

„Uns schneid's aber besser als der giftkrötigen Binsia."

„Glaub's net, Franzl, die wetzt ihr Messer mit dem schärfsten Gift", warf der lange Max ein. „Die hat eine verdammt scharfe Klinge, das Teufelsmensch!"

„Schneid' sich doch noch ins eigene Fleisch", gab Franzl kurz zur Antwort.

Der breitrandige Schlapphut wurde weiter ins Genick

geschoben, der Wetzstein rasselte ins Schlotterfass, mit dem bloßen Unterarm wurde der ins Gesicht rinnende Schweiß abgewischt, der mit Steinbornwasser gefüllte Krug machte die Runde und weiter rauschten die Sensen durch das dichte Gras, legten Mahden neben Mahden. Manch Jungreh und Hirschkalb musste hierbei sein Leben lassen, wanderte mit in die Küche und lieferte für den Sonntag einen schmackhaften Braten. Gar fein verstanden die Bauersfrauen Wild zuzubereiten, legten es erst einige Tage in Sauermilch und gaben dadurch dem Wildbret einen wunderbar zarten Geschmack. Wildern war bei den Bergbauern kein Verbrechen. Hatten sie doch das ganze Jahr hindurch unter dem Schaden der stark auftretenden Hirsch-und Rehrudel zu leiden.

In der Nebelswies, der Nachbarswiese, war der Berglenebauer mit seinen Mähdern am Mähen. Auch hier ging die Arbeit flott vonstatten. Man wetteiferte geradezu mit den flinken Mähern des Winkelswirtes. Beim Wetzen warf der Berglenebauer ab und zu einen Blick hinüber zu den Strauchwiesen und musterte neidisch die rasch fortgeschrittene Arbeit der Jungbauern. Immer wieder blieb sein Blick dabei ungewollt an der stattlichen Figur des Waldhofseppls haften, der als erster den Reigen der Mäher eröffnete.

War das ein kräftiger Bursche! Und wie's dem schnitt! Schade, dass er so seltsame Wege ging! Das wäre der richtige Schwiegersohn! Das waren die Gedanken, die unwillkürlich das Hirn des Berglenebauern beschäftigten.

Es ging gegen 8 Uhr zu als Kathrine, die Magd des Wirtes, und die Berglene Sef mit dem Frühstück plaudernd

84

den Wiesenpfad daherkamen. Seppl legte eine
Pause ein und rief seinem Lieb seinen schallenden Guten
Morgen zu.

„Hast was Gutes im Schänzchen, mein Mädel?
Brauchst net weiter zu gehen! Kannst hier bleiben und
mit uns tun!"

„Die Kathrine bringt schon was Besseres, Seppl.
Schau, ich muss zum Vater und unsern Mähdern. Die
erwarten mich schon längst. Werden tüchtigen Hunger
haben. Da muss ich halt dort mittun. Sonst von Herzen
gern. Das weißt doch selbst am besten, Seppl."

„Wird schon so sein! Ich wünsch' dir 'nen gesegneten
Appetit!"

„Daran wird's net fehlen, Seppl. Lass dir's Frühstück
und den Gebrannten recht gut schmecken, Bis ein ander-
mal."

Lächelnd schaute Seppl seiner Sef nach, die trippelnd
durch das feuchte Gras zur Nebelwiese eilte und dort
unter dem Haselstrauch am Nebelsborn Frühstückskorb
und Kanne nieder stellte und ihre Mäher zum Frühstücke einlud. Auch die Mäher des Wirtes ließen sich im
Schatten einer Hecke nieder und sprachen dem Schwartemagen und Schnaps tüchtig zu. Kathrine hockte bei den
Mähern und reichte immer wieder das gefüllte Glas herum.

Die Sonne hatte schon mehr Gewalt bekommen, ein
frischer Morgenwind huschte über die Mähergruppe,

erfasste das Papier, in welches Wurst und Eier eingewickelt waren und flatternd eilte es hinüber zur Nebelswies, als wollte es die Liebesgrüße Seppels an die Berglenetochter überbringen.

Schallendes Gelächter ertönte aber bei den Burschen als sich das Papier sanft neben der Gruppe am Nebelshorn niederließ.

„Seppl! Wie wär's, wenn wir wieder mal Schwärzen gingen. Kommen sonst ganz aus der Gewohnheit und entpuppen uns schließlich als Angsthasen. 'S ist doch zu schön, 's Salzschwärzen. Birgt so viel Reize und bringt nen guten Batzen ein."

„Ja, Kaspar, daran dacht' ich eben auch grad. Aber noch ist die alte Wunde nicht verharrscht. Noch sitzt manchem Kameraden der Schreck in den Knochen. Da heißt es noch abwarten. Aber bald werden wir wieder gehen", gab Sepp zur Antwort.

„Aber dann heißt's besser achtgeben, Max und Kaspar, sonst werdet ihr als Späher abgesetzt", erwiderte Neubauersch Franzl. „Habt doch net bei den Hessen gedient.

Die sehen vor Tag und Licht net. Und Furcht haben's auch. Aber die haben doch Schneid, haben Augen wie ein Luchs und fürchten sich net vor'm Teufel. Wie konnt nur so was passieren, sehr doch Malefizgrenzer net. Hättet es größte Unheil anstiften können!"

„Brauchst auch noch zu uzen, Franzel", warfen die beiden Späher ein. „Unsere Augen sind scharf wie die Lichter des Adlers. Auf weiteste Entfernungen erkennen wir den Keiler aus dem Rudel Schwarzwild und auch bei dunkelster Nacht unterscheiden wir den Geweihten von dem Mutterwild. Und haarscharf ist unser Gehör. Locker sitzen unsere Kugeln und nie verfehlen sie ihr Ziel. Nicht umsonst trugen wir mit Stolz die Schützenschnur. Aber am selbigen Abend trieb der Leibhaftige mit all seinen Helfern sein böses Spiel. Bald könnte man an Spuk glauben und annehmen, der umhergeisternde Malegus habe den Grenzern seine Tarnkappe aufgesetzt. Niemals hätte uns sonst so etwas passieren können."

„Habt's net genug vom letzten Mal", warf Katherine, die ungeduldig zugehört hatte und deren Mundwinkel nervös zuckten, erregt ein. „I mein, ihr sollt vernünftig werden. Hat denn alles net geholfen? Hat auch die Predigt unseres Pfarrers net eingeschlagen? Wollt ihr schon wieder euer Teufelsspiel beginnen und das ganze Dorf ins Unglück stürzen? I rat euch, lasst ab von eurem teuflichen Vorhaben. Bringt euch wirklich kei Glück. Bedenkt's doch endlich."

„Kathrine, Weibsleut sollen sich net in Männersachen mischen, sollen sich um ihren Kochtopf kümmern und den Löffel schwingen. Das sind wirklich net eure Dinge. Die überlässt mal schön den Burschen."

„Hab's gleich gewusst, dass ich bei euch net recht bekomm.
Soll mir auch ganz gleich sein. Tragt eure Haut selbst zum Markt. Der Krug geht solange zum Brunnen, bis er bricht. Und euer Krug wird bald brechen."

„Kathrine, unser Krug ist feuerfest, der hält die härtesten Stumper aus. Der wird net so bald zerbrechen. Aber nun lasst's gut sein. Wollen wieder an die Arbeit gehen, sonst sind wir zu Mittag net mit den Anmähen fertig. Also, frisch an die Arbeit", rief Seppl.

Flink erhoben sich die Mäher, jeder ergriff seine Sense, die Rechte setzte den Wetzstein in klingende Tätigkeit und rauschend sauste die Schneide unter mächtigen Hieben in das bereits durch Sonne und Wind abgetrocknete Gras. Mehr als in der Morgenfrühe musste daher der Wetzstein für die rascher schwindende Schärfe sorgen.

Der letzte Mähden war getan, die Ecken wurden ausgeputzt und froh gelaunt traten die Mähder den Marsch zum Berdörflein an.

Der Winkelwirt empfing sie mit frohem Gesicht.

„Habt euch aber gut drangehalten. Recht gut meint's die Sonne und viel dürres Futter wird's heut geben."

„Ja, Vetter Kilian, hast schon recht. Gibt 'nen heißen Tag und jeder Bauer wird sein gut Teil einbringen. Hoffentlich hält's Wetter."

„'s ist nichts zu fürchten. Wir haben guten Wind. Muss grad kein Gewitter kommen. Habt vorläufig herzlichen Dank. Sonntag trinken wir einen vom Besten", hörte man die Bassstimme des Wirtes erklingen.

Alle eilten auf ihre väterlichen Höfe und brachten die Heuwagen in Ordnung. Beizeiten sollten heute die ersten Fuhren eingebracht werden.

Frauen und Mädchen waren schon auf die Wiesen geeilt,

das dürre Futter zur Heimfahrt auf Zeilen zusammenzu-
schlagen.
Ein Wirbelsturm sauste über dieselben
hinweg, erfasste das locker liegende dürre Heu und zog
es, trichterförmig immer engere Kreise ziehend, in die

Hohe vollbeladene Heuwagen rasselten bis in die späten
Abendstunden die Dorfstraßen entlang .

Die Bergwiesen waren abgeerntet und schon um halbvier
Uhr morgens ging es zur Kling, den einzigen Talwiesen
der Bergbauern, die im anmutigen Waldtälchen
des Klingbaches lagen. In dem idyllischen Tale herrschte
sonst das ganze Jahr hindurch größte Ruhe die nur einmal
im Jahre, zur Zeit der Heuernte, von den Bergbauern
gestört wurde. Zum Bergdörflein stiegen die steilen Abhänge des Hochplateaus an, die mit schönen Buchen und
alten Eichenbeständen bewachsen waren, nach Süden hin
erhoben sich schön geformte bewaldete Kegelberge und
Kuppen, die wiederum durch Waldschluchten voneinander getrennt waren. Rinnsale und Fließe sammelten hier
das viele Wasser der Bronnen und Quellen und führten es
plätschernd dem Klingbache zu. Dieser durchzog schlan-
genartig den Klinggrund und war von Erlen und Weiden
reichlich eingefasst. Schilf wucherte an den Ufern, ließ
seine dicken schwarzen Kolben weithin leuchten und in
den klaren Wassern spielten und jagten eine Menge
schön getupfter, flinker Bergforellen. Wildenten brüteten
in dem hohen Schilfe ihre Gelege aus und schillernde
Libellen führten über dem rasch dahineilenden Bächlein
ihre Reigen auf. Hirsche und Rehe ästen mit Vorliebe in
dem ruhigen Wiesengrunde. Nur die vielen Waldsänger
störten sich nicht an die Stille dieses Tales. Viel schöner
und reichlicher war hier der Gesang zu vernehmen.

Traditionsgemäß wurden diese Wiesen von den Bergbauern
zuletzt eingeerntet. Es war immer etwas Besonderes,
wenn es hinunter ins Tal ging. Der Abstieg in der
Morgenfrühe durch den herrlichen Wald wurde gemeinsam
angetreten und glich einem wunderbaren Ausfluge,
der reich an Abwechslung und Freuden war. Den ganzen
Tag über blieben die Bergler in dem Tale, in dem tags
über die Sonne heiß brannte. Nur nach Westen öffnete
sich dasselbe etwas und bei Windstille setzte die brütende
Wärme dem Futter und den Dörflern mächtig zu. Aber im
Schatten riesiger Buchen und knorriger Eichen
lagerten dann frohe Gruppen, nahmen ihr Mittagsmahl
ein, gönnten sich hier in der Arbeitspause die wohlverdiente Ruhe oder legten Plauderstündchen ein. Gar oft
wurden sie hier im Tale beim Heumachen von Gewittern
überrascht, die die an weite Sicht gewöhnten Bergbauern
in dem von hohen Bergen eingekesselten Tale nicht in
der Entstehung beobachten konnten und herannahen sahen.
Trotz alledem gingen aber die Bergbauern zu gerne
hinunter ins Tal zur Heuernte.

So war denn auch heute wieder einmal das Tal der
Tummelplatz von Jung und Alt. Allüberall sah man zwischen Waldrand und Bachhecken die weißen Kopftücher
der Frauen und Mädchen hervorleuchten. Frohe Zurufe
erschallten und helle Jauchzer brachen sich im mehrfachen Echo der Schluchten und Bergwände. Freude
herrschte überall, Freude über die nun zu Ende gehende
Heuernte.

Unter einer mächtigen alten Eiche, deren Äste weit
über den Wiesenrand hinausragten, lagerten die Burschen
und jungen Männer des Bergdörfleins. Schon manche
interessante Begebenheit hatte dieser 500-jährige Wald-
riese den Vorfahren der frohen Gesellschaft in den verflossenen
Jahrhunderten ablauschen dürfen. Auch heute
sollte seine Neugierde um ein weiteres sensationelles
Gespräch bereichert werden.

Im Mittelpunkte des Gespräches stand ein junger, Anfang
der 20 stehender, schlank gewachsener Mann mit
hellblondem, lockigem Haargeschöpfe, blauen, stechen-
den Augen und leichtem Bartflaume unter der spitz aus-
laufenden, etwas gebogenen Nase. Seine breit gewölbte
Stirn und die hervortretenden Backenknochen verliehen
dem jungen Gesichte etwas Herbes, ließen auf Willenskraft, Standhaftigkeit, Mut, Waghalsigkeit und Ausdauer
schließen. Hell blitzten seine gleichmäßig geformten,
weiß glänzenden Schneidezähne beim Erzählen zwischen
den frischroten Lippen hervor. Erst im Frühjahre hatte er
eine junge Frau, die Apollonia, heimgeführt. Um ihn
lagerten alle anderen Burschen im Kreise herum und
hörten gespannt seinen Ausführungen zu. Es war Johann
Adam vom Häslershof, der seine Zukunftspläne bekannt
gab.

„Heuer werde ich nun zum letzten Mal mit euch zusammen in diesem einzigartig schönen Heimattale Futter
gemacht haben. Schon lange hatte ich euch mitgeteilt,
dass ich nach den Freien Staaten von Amerika auswandern wollte. Nun ist es so weit. Im nächsten Monate verlässt mein Schiff den Hafen von Bremen und für immer
kehre ich der Alten Wert den Rücken. Ich hoffe, drüben

in der Neuen Welt eine bessere Zukunft zu finden. Gar zu
schlecht sind die Zeiten in unserem Vaterlande. Frei will
ich sein und nicht ständig unter dem Zwange und Drucke
der Gesetze stehen. Was haben wir hier im Bayernlande
noch zu erwarten. – Es gibt keine Verdienstmöglichkei-
ten,
wir dürfen nicht mehr jagen gehen und wie lange
wird's noch dauern, dann hört auch das Salzschwärzen
auf. Überall wird man bespitzelt und läuft Gefahr, ins
Gefängnis oder Zwangsarbeitshaus verschickt zu werden.
Zwang überall. Da hatten es unsere Vorfahren doch noch
besser. Das ist doch keine Freiheit mehr. Freiheit,
Gleichheit und Brüderlichkeit gibt es nur in den Freien
Staaten. Da gibt es keine Polizei, die das Jagen und freie
Handeln verbietet, da kann man sich eine große Farm
erwerben und zu großem Reichtume gelangen. Dort kann
man noch als wirklich freier Mensch leben und wird nicht
als Verbrecher angesehen. Darum kann mich nichts mehr
hier in unserem Bergdörflein halten."

„Aber Johann Adam, so ganz allein wollt ihr beide uns
verlassen. Hast nirgends Bekannte um dich herum. Das
Heimweh wird euch packen, nach unserem Bergdörflein,
nach deinen Kameraden, nach deinen Eltern wirst du
Sehnsucht bekommen", entgegnete der Waldhofseppl.

„Ach geh, Seppl. Auch meine Mutter will nicht haben,
dass ich auswandere. Ich soll hier bleiben und das armse-
lige Leben weiter fristen. Aber alles Zureden kann nicht
mehr nützen. Meine Pläne stehen fest und können durch
nichts mehr umgeworfen werden."

Die Sonne brannte heiß auf die kahlen Talwiesen, eine
drückende Schwüle lagerte im Talkessel. Eidechsen lagen

träge auf dem alten, vergilbten Laube und badeten sich in der Sonne. Hin und wieder hörte man ihr Rascheln und konnte sie flüchtig in das dürre Laub verschwinden sehen.

Eine dicke, aufgeblähte, gelblich schimmernde Wolke lugte über den uralten Eichen des Gretenberges hervor. Wie eine mächtige Wetterfrau streckte sie ihren wulstigen, in allen Schattierungen leuchtenden Kopf aus dem sich weit verbreitenden, auf den Gipfeln der Eichen ruhenden ??? Regenumhänge und schaute neugierig auf die im Schatten lagernde Gruppe, als wäre sie ein besonders neugieriger Zuhörer der interessanten Erzählungen.

Bunt schillernde Falter umgaukelten die Burschen, ließen sich auf dem Blattwerke und den nicht der Sense zum Opfer gefallenen Blümlein am Waldrande nieder. Bedächtig hoben und senkten die ausruhenden Schmetterlinge ihre Flügel, als wollten auch sie den jungen Auswanderer von seinem abenteuerlichen Plänen abbringen.

Wieder ergriff er das Wort:

„Sonntag in drei Wochen feiern wir beim Winkelwirte unsern Abschied. Ihr alle seid schon jetzt herzlichst dazu eingeladen. Ich will hoffen, dass keiner von euch fehlt. Meine Schiffskarte habe ich bereits von Agenten, die im ganzen Bayernlande umherziehen und werben, vor einigen Tagen erhalten. Die Überfahrt kommt gar nicht so teuer. An Bargeld muss ich 250 Gulden mitbringen. Dann verlangen die Freien Staaten noch ein Führungszeugnis. Ich bin deshalb beim Gemeindeältesten vorstellig geworden

und in der kommenden Woche wird der Armenpflegs-
chaftsrat unserer Gemeinde zusammenkommen und
meine Angelegenheit beraten. Ich hoffe, dass sich da
keine Schwierigkeiten ergeben und man mir ohne Bedenken die erforderlichen Dokumente ausstellen wird. Noch
habe ich so manches zu erledigen, bei meinen Bekannten
und Verwandten im Joßgrunde Abschied zu nehmen und
dann kann es ans Verpacken der Kleider und Haushal-
tungsgegenstände gehen, die ich dort drüben notwendig
gebrauchen kann. Auch hierüber hat mir der Agent genügend Auskunft gegeben. Meinen alten Vorderlader, meinen schön verzierten Lederleibriemen mit Pulverbeutel,
Patronentasche und feststehendem Knicker nehme ich
natürlich mit. Diese Sache werde ich in der Wildnis gut
gebrauchen können, sie werden mich an manch schöne
Stunde erinnern, die ich gemeinsam mit euch verleben
durfte. Die Überfahrt wird drei Wochen dauern und mir
viele nie gekannte Erlebnisse bieten. Über all das werde
ich euch berichten, sobald ich kann."

„Johann Adam, es wird dir trotz alledem da drüben
doch Manches fehlen, an das du eben nicht denkst", entgegnete der lange Max, dessen schwarzer Vollbart dem
schmalen Gesichte eigentümlichen Reiz verlieh. „Hast
keinen Raum der euch vor Hitze und Kälte schützt, kein
weiches Himmelsbett, in das ihr abends schlüpfen könnt.
Du wirst noch gar manches Mal an das Bergdörflein zurückdenken."

„Aber Max, ich bin doch nicht der einzige, der auswan-
dert.
Viele Hundert gehen mit hinüber und es werden
nicht die schlechtesten sein. Sie alle wollen sich doch
eine neue Heimat erarbeiten und einer wird dem anderen

helfen und beistehen, auch die Sorgen werden uns nicht
erspart bleiben. Aber, was schadet das,
ich werde mich schon durchsetzen. Dafür kennt ihr mich
ja alle viel zu gut. Ich werde nicht untergehen. Und vor
der Arbeit fürchte ich mich nicht. Was schadet's, wenn
ich für Tage im Freien schlafen muss, wenn mir auch mal
die Hitze und Nässe arg zusetzen. Haben wir das bei unseren Granzübertritten nicht auch in Kauf nehmen müssen? Davon stirbt man nicht gleich, gebt euch nur zufrieden, wird besser gehen als ihr denkt.

Eine längere Pause entstand und aus den Gesichtszügen
der Salzschwärzer schwand das Misstrauen, ihre Augen
erhellten sich und gar manchem konnte man am Gesichte
ablesen, dass er gerne mit dem??? unternehmungslustigen
Johann Adam die abenteuerliche Reise antreten würde.

Seppl sah noch einmal nach der sich ostwärts verziehen-
den Wolkenwand und sagte:

„Kameraden, wir müssen an unsere Arbeit gehen, sonst
kriegen wir heute die Kling net heim auf unseren Berg."

Alle ergriffen ihre Rechen und eilten auf die Wiesen,
auf denen die Frauen und Mädchen schon fleißig beim
Heuwenden waren.

Im Bergdörflein war es nun bekannt geworden, dass
Johann Adam als erster mit seiner Frau die große Reise
nach den Freien Staaten antreten wolle, Der alte Naaz,
der den Armenpflegschaftsräten die Einladung zu der
wichtigen Sitzung am kommenden Sonntage überbringen
musste, hatte in seiner redseligen Art diese sensationelle
Neuigkeit überall rasch verbreitet. Die Alten, die nur ihr

Bergdörflein kannten und sich redlich auf ihren steinrei
chen Äckern und sumpfigen Wiesen abplagten, um ihr
tägliches Brot zu verdienen, konnten sich nicht genug
über den eisernen Enschluss des Johann Adam wundern.
Sie suchten den Auswanderer von der weiten, nach ihrer
Meinung so gefährlichen Reise abzuhalten. Aber alles
Reden war umsonst. Für Johann Adam gab es nur noch
ein Ideal, die Freien Staaten von Amerika.

In der Bauernstube des Dorfältesten hatten sich die
Pflegschaftsräte versammelt. Auch der Bergpfarrer war in
ihrer Mitte. Musste er doch, da er der einzige Schreib-
kundige im Dorfe war, die Schreiberdienste verrichten
und das Protokoll führen. Meisterhaft verstand er es, die
Gedanken in schnörkelreicher Schrift mit dem Gänsekiel
zu Papier zu bringen. Für diese Sitzungen war er eine
unersetzliche Kraft des Ortsvorstehers. Unterzeichneten
doch alle Ratsmitglieder das Dokument mit drei kraxeli-
gen Kreuzen, nur der Ortsvorsteher und Gemeindeälteste
setzten ihren Namen darunter.

Die Versammelten waren in eine lebhafte Debatte verwi-
ckelt, die Bezug auf die Auswanderung des Johann
Adam nahm. Lebhaftes und erregtes Stimmgewirr drang
hinaus auf die Dorfstraße. In den Köpfen der alten Bergbauern rumorte es, sie konnten und wollten den Plan
ihres Dorfbewohners nicht verstehen.

„Wir haben doch noch immer in unserer Heimat genug
Brot gehabt. Und wenn auch mal recht schlechte Jahre
über uns dahinzogen, haben wir uns trotzdem alle noch
sattessen können. Da braucht man doch net gleich in ein
wildfremdes Land zu ziehen. Muss doch net glauben,

dass es da drüben viel besser ist. Da muss er auch arbeiten, wenn er leben will. Weiß der liebe Gott, was in die jungen Leute gefahren ist! Es gefällt ihnen net mehr auf unserem Berge. Net für Geld würde ich meine heimatliche Scholle verlassen. Ich käme net lebend über das große Wasser und die Sehnsucht nach meinen geliebten Bergen würde mich umbringen."

„Ja, Peter, das verstehst du wieder einmal net richtig. Unsere Jugend ist heute anders, als in unseren jungen Jahren", gab der Bergpfarrer zur Antwort, „Amerika ist ein reiches Land und viele Deutsche sind schon vor Jahren dorthin gewandert. Ich habe viel über dies Land gelesen und kann mir eher ein Urteil erlauben. Und grade in der heutigen Zeit ist der Zustrom nach dort so groß. In den Bergen Kaliforniens und am Kolorado wurden große Goldfelder entdeckt. Die Auswanderer erwerben sich in diesen goldreichen Gebieten ein Stück Land und graben Tag und Nacht nach diesem kostbaren Edelmetall. Viele dieser Goldgräber sind zu großem Reichtume gelangt, und die Sucht, schnell reich zu werden, verleidet immer wieder Menschen, unseren Erdteil zu verlassen und in der Neuen Welt ihr Glück zu suchen. Auch große Farmer gibt es dort drüben, die Herden von Hunderten Rindvieh, Pferden, Schweinen und Schafen ihr eigen nennen. Wieder andere sind reine Ackerbauern und besitzen große Flächen Ackerland, das mit Weizen, Zuckerrohr, Tabak, Tee, Kaffee, Baumwolle, Obst und Südfrüchten bebaut ist. Wenn gute Ernten kommen, kann da schon einer in kurzer Zeit zu einem reichen Manne werden. Zwar gibt es im Inneren des Landes noch große unkultivierte Gebiete, unabsehbare Urwälder mit riesenhaften Bäumen und endlose Weideflächen, die Prärien, in denen sich wilde Büffelherden und zahllose andere Wildarten in großer Menge tummeln. Dies sind die Jagdgebiete der Ureinwohner, der rothäutigen Indianer. Oft finden auch noch harte Kämpfe mit diesen Wilden statt und manches kaum errichtete Blockhaus eines eingewanderten Weißen ging des Nachts in hellen Flammen auf. Doch was nützt das alles, die Rothäute werden immer mehr von den

Weißen zurückgedrängt und ihre Jagdgründe, die Prärien werden den Einwanderern als Siedlungsland zur Verfügung gestellt. Für junge, abenteuerliche Menschen sind diese Erlebnisse fesselnde Anziehungsmomente, die zu Taten zwingen und innerliche Befriedigung bringen. Und die umherziehenden Werber schlagen nicht umsonst die Trommel. Sie malen unserer Jugend das Land in den schönsten Farben aus, sind dann immer vom Erfolg gekrönt und verdienen an den Auswanderern recht schönes Geld. Ich befürchte nur, es wird noch nicht der letzte in unserem Dorfe sein, der von diesem Amerikafieber erfasst wird."

Die Alten hatten aufmerksam der Schilderung des Bergpfarrers zugelauscht. Mit staunendem Blicke, mit offenem Munde und beifälligem Kopfnicken gaben sie ihrer Verwunderung Ausdruck. Sie hatten ja bis jetzt nur wenig von Amerika gehört, wussten nicht, dass es ein reiches Land war. Da konnte man es wirklich nicht den jungen Menschen verübeln, dass sie ihre Heimat verließen und da drüben Zuflucht suchten.
Der Vorsteher bat die Armenräte Platz zu nehmen und schritt zur Tagesordnung. Mit schwankender Stimme begann er:
„Wie ihr nun alle wisst, will uns demnächst Johann Adam verlassen und in den Freien Staaten eine neue Heimat suchen. Wir können ja nun auch, nachdem uns

unser hochwürdigster Herr Pfarrer so viel von Amerika erzählt hat, recht gut verstehen, dass die jungen Leute das Amerikafieber packt. Aber so ganz einfach ist ja nun das Auswandern auch net. Die Freien Staaten nehmen noch lange nicht jeden auf. Für Taugenichtse und Verbrecher ist da drüben auch kein Platz. Nur gut beleumundete Personen finden drüben Aufnahme. Und eine bestimmte Geldsumme muss schon jeder mitbringen. Daher habe ich euch heute Abend hierher beordert, diese wichtige Angelegenheit zu beraten und die notwenigen Dokumente für Johann Adam auszustellen. Wer etwas gegen ihn vorzubringen hat, möge das nun tun."

Niemand meldete sich zu Wort und man schritt zur Formulierung des Protokolles, das der Bergpfarrer mit seinem Gänsekiel schnörkelnd in das Register des Berdörfleins nieder schrieb. Auf Seite 322 dieser alten vergilbten Chronik, die alle wichtigen Begebenheiten und Geschehnisse enthält, ist folgende Eintragung zu lesen:

Auf Verlangen wird hiermit dem Johann Adam Harnischfeger jung von hier behufs seiner Auswanderung in die freien Staaten von Nordamerika bescheinigt:

1. Dessen Vermögen an Mobilien und Immobilien beträgt im Schätzungswerthe 3.000 fl, worauf gegen 1.800 fl bekannte Hypothek und privat Schulden haften.
2. Dessen Gut ist belastet mit einem Auszuge für die Mutter des genannten Harnischfeger, was in dessen Ehecontract genau bezeichnet ist und für welchen Auszug der etwaige Steigerer des Gutes zu leisten hat.
3.
Hierorts ist weder in politischer noch in civilrechtlicher

Hinsicht ein Hinderniß bekannt, welches
dessen Auswanderung entgegenstünde.

4.

Erwähnte Mutter des Harnischfeger, Margretha, hat
das Wohnungsrecht auf das Haus No 11 des Harnischfeger,
sowie auch dessen Geschwistrige Namens Gerhard,
Wilhelm, Katharina und Maria Anna das Recht
haben, in dem Hause des Harnischfeger zu wohnen.

5.

Der Leumund des Harnischfeger ist empfehlenswert,
besonders ist dessen Fleiß und Arbeitsamkeit zu loben.
Geschehen im Aug. 1846
Straus, Lokalkaplan
Essel, Vorsteher
Harnischfeger, Gemeindeältester

Damit waren alle Formalitäten in der Angelegenheit
des Johann Adam Harnischfeger erledigt. Seiner Auswanderung nach den Freien Staaten stand nun nichts
mehr im Wege. Der Bergpfarrer schlug das Buch, in dem
sich die Geschichte des Bergdörfleins widerspiegelte und
das nun um zwei inhaltsschwere Seiten reicher geworden
war, zu und schob es dem Vorsteher hin. Dann warf er
seinen Regenumhang um, stülpte seinen dunklen Wetterhut auf und verließ mit einem herzlichen Grüß Gott
das Zimmer des Vorstehers. Der Gemeindeälteste Harnischfeger begleitete ihn schweigend zum Dalles und bog
hier zu seiner Hofreite ab.

Beim Winkelwirte herrschte Festtagsstimmung. Nicht
nur die Burschen waren vollzählig vertreten, auch die
Dorfschönen waren erschienen, um an der Abschiedsfeier
der ersten Auswanderer teilzunehmen. Die Wände der

Wirtstube waren reichlich mit frischem Tannen-und Fichtengrün geschmückt, das einen wohlriechenden, harzigen Duft ausstrahlte. Auf den derben Eichentischen lagen schön gemusterte weiße Decken, die Zeugnis gaben von der kunstfertigen Arbeit der heimischen Leinweber. Rosen, Nelken, Kornblumen, Kornrate, Margarethen und Farnwedel waren von liebender Hand zu schönen Sträußen gewunden und verliehen dem Raume ein besonders feierliches Gepräge.

An dem Tische in der Mitte der Wirtsstube hatte der scheidende Johann Adam mit seiner jungen Frau Platz genommen. Zu seiner Rechten saß seine Mutter, die Witwe Margaretha Harnischfeger, eine Frau in den fünfziger Jahren. Ernste Falten durchfurchten ihre Stirn und reichlich weiß schimmerte ihr schwarzes Haar. Sie war in ihrem Leben wirklich nicht auf Rosen gebettet gewesen. Frühzeitig verlor sie ihren Mann und mit fünf unmündigen Kindern musste sie allein den Hof verwalten.
Heiraten wollte sie nicht wieder. So war sie gezwungen, ihren schon stark belasteten Hof an einen Pächter, Acker von Orb, abzutreten. Dieser hielt sich aber nicht an die Pachtbedingungen, betrachtete den Hof als Ausbeutungsobjekt, veräußerte eigenmächtig Grundstücke und Vieh des Eigentümers. Die Verschuldung des Anwesens stieg daher immer mehr, die Leistungsfähigkeit dagegen sank im umgekehrten Verhältnis. Daher war es nur zu gut zu verstehen, dass der älteste Sohn auf den Hof verzichtete
und sich entschloss, nach Amerika auszuwandern. Frau Sorge war bei ihr ständiger Gast gewesen. Tränen rollten ihre Wangen herunter, Tränen des Schmerzes über den bevorstehenden Verlust ihres Ältesten, auf den sie grade

in ihren alten Tagen so große Hoffnung gesetzt hatte, Tränen neuer Sorgen, die ihr die Zukunft bringen würde. Auch die übrigen Geschwister des Auswanderers – Gerhard, Wilhelm, Katharina und Anna Maria – sowie der Waldhofseppl und die Berglenesef hatten an diesem Tische Platz genommen.

Diesem Ehrentische gegenüber saßen der Bergpfarrer, der Vorsteher, Gemeindeälteste und die übrigen Ratsmitglieder.

Der Winkelwirt stand hinter dem Bierfasse und überblickte zufrieden vor sich hinlächelnd, die dicht besetzte Stube. Seine kugelrunde Ehefrau hatte bereits ihren alten Platz im Lehnstuhle am Kachelofen eingenommen, ließ ihre Blicke über die Brillengläser gleiten und musterte eingehend die Dorfjugend, die sich paarweise an den übrigen Tischen niederließ. Zufrieden vor sich hinnickend stellte sie in ihren Studien fest, welches das schönste der jugendlichen Paare sei. Wohl flogen dabei auch ihre Gedanken in die Zeit zurück, wo sie selbst als junges Mädel glückstrunken neben ihrem lieben Manne gesessen hatte.

Immer wieder traten neue Gäste in die Wirtsstube ein. Auch die Alten ließen es sich nicht nehmen, an dieser Abschiedsfeier teilzunehmen. Die Kammer wurde noch zur Verfügung gestellt, damit alle eine Sitzgelegenheit bekamen.

Eine Gruppe Jungfern fiel besonders in die Augen. Sie hatten sich die Plätze gesichert, die ihnen erlaubten, die beiden Feierräume gut zu überblicken. Es war die Haushälterin des Bergpfarrers, die ihre Augengläser immer wieder mit einem Tüchlein abrieb, damit sie noch schärfer Ausschau halten konnte, die spindeldürre Binsia, die ihren langen Schwanenhals höher reckte, um die vielen Hindernisse, die sich ihren giftigen Blicken entgegenstemmten, besser zu überwinden und die behäbige Junde, die mit dem Kopfe unaufhörlich hin und her wackelte und so ihr Missfallen über die froh gelaunte Jugend zu bekunden. Ihnen durfte heute nichts entgehen, ihre blitzenden Blicke drangen in das Innere eines jeden, lasen vom Gesichte die geheimsten Gedanken ab, ihr fein abgestimmter Gehörsinn vernahm das geringste Geräusch und ihr gottloser Mund traf beim frevlerischen Urteil den Nächsten todwund.

Der Winkelwirt hatte reichlich zu tun um alle Gäste mit dem Abschiedsschoppen zu versorgen. Seppl ergriff sein volles Glas, betrachtete wohlgefällig den milchig weißen Schaum, wischte mit dem Handballen den Rand des Glases ab, erhob sich vom Stuhle und zu John Adam gewandt sprach er mit klangvoller Stimme:

„Mein lieber Johann! Als erster erhebe ich mein Glas, um meinem lieben Kameraden zuzutrinken. Mein Trank gilt dem Wohlergehen eines scheidenden Freundes. Wir alle wünschen dir viel Glück und Segen in der neuen Heimat. Prosit!"

Die Gläser erklangen, die Abschiedsfeier war damit eingeleitet.

Nun erhob sich Johann Adam, ließ seine Augen über alle Anwesenden gleiten, strich sich mit der schwieligen Rechten über seinen blonden Lockenkopf und richtete an alle die Abschiedsworte:

„Hochwürdigster Herr Pfarrer, mein lieber Vorsteher und alle meine lieben Dörfler! Ich freue mich, dass ihr so zahlreich hierher gekommen seid. Euere Anhänglichkeit wird mir in Amerika immer wieder Trost und Kraft verleihen,
über manche schweren Stunden hinwegzukommen. Gerne werde ich an meine alte Heimat zurückdenken, im Geiste unter euch weilen, mich der herrlichen Wälder, der schönen Berge und Täler, meines Bergdörfleins erinnern. Ich weiß sehr wohl, dass mich manche bitteren Tage erwarten. Aber ich habe den eisernen Willen und die felsenfeste Zuversicht, all die Schwierigkeiten, die sich mir hemmend in den Weg stellen werden, zu meistern. Ich werde nicht untergehen und euch und dem Bergdörflein alle Ehre machen. Meine Heimat werde ich niemals vergessen und laufend mit euch in Verbindung stehen. Behaltet auch mich in bester Erinnerung. Sie, hochwürdigster Herr Pfarrer und mein lieber Vorsteher bitte ich, meiner alten Mutter in all ihren Anliegen hilfreich zur Seite zu stehen und ihr den Schutz angedeihen zu lassen, den ich ihr nun nicht mehr gewähren kann. Ich glaube auch die sicher Hoffnung aussprechen zu dürfen, dass nach Jahren noch mancher von euch hinüberkommen und dort sein Glück suchen wird. Mit meiner jungen Frau werde ich mir ein neues Heim gründen und als Farmer meinen alten Beruf weiter ausüben. Nun wollen wir noch einige recht gemütliche Stunden zusammen verleben, die letzten in meinem lieben Bergdörflein. Lebet wohl und denkt manchmal an mich in weiter Ferne. Ich trinke auf euer Wohlergehen in der alten Heimat. Prosit zusammen!“

Bedächtig erhob sich der greise Bergpfarrer, um dem

jungen Paare von Herzen kommende Abschiedsworte zu widmen:

„Wir haben uns heute hier zusammengefunden, um euch euern letzten geselligen Abend in eurem lieben Bergdörflein recht angenehm zu gestalten. Niemand von uns kann voraussehen, was euch die Zukunft bringen wird. Weit ist die Reise, die ihr nun antretet und unbekannt
das fremde Land, das euch die Heimat ersetzten soll. Doch freut es mich, dass ihr beide mit fester Zuversicht an das neue Lebenswerk herangehen wollt. Ihr seid beide gesund und kräftig, harte Arbeit gewöhnt, habt allen Schicksalsschlägen die euch trafen tapfer getrotzt. Ihr werdet euch auch drüben durchsetzen. Und Bauer warst du mit Leib und Seele, Johann Adam, umso mehr freut es mich deshalb, dass du drüben deinen alten Beruf wieder ausüben willst. Zwar wirst du ganz von vorne anfangen müssen. Es wird viel Schweiß und Mühe kosten, bis du dir ein einfaches Blockhaus erbaut und soviel Land urbar gemacht hast, dass du dein Jahrbrot anbauen kannst und Unterkunft hast. Aber, nur nicht verzagen und den Mut nicht verlieren. Der liebe Gott wird dich schon nicht verlassen. Der Boden Amerikas ist weit fruchtbarer als unser steiniger Bergboden und wirft reiche Ernten ab. Und die Viehzucht steht drüben in hoher Blüte. Auch sie wird euch nach Jahren große Einnahmen bieten. Mit Sparsamkeit und Fleiß, mit Gottvertrauen und Ausdauer werdet ihr es schon zu etwas bringen. Haltet fest an eurer Väter Sitte und bleibt eurem Glauben treu. Dann werdet ihr allezeit vor Gott und den Menschen bestehen können.

Ich werde euer im Gebete gedenken und Gottes Schutz

und Segen für euch erflehen. Vergesst nicht die alte Heimat und lasst ab und zu von euch hören."

Weihevoll erhob er seine Rechte und schlug mit feierlichem Ernste das Zeichen des Kreuzes über das Abschied nehmende Paar. In tiefster Andacht bekreuzten sich alle und vernahmen in heiliger Ehrfurcht die Worte des Priesters:

„Es segne euch der allmächtige Gott, der Vater, der Sohn und der Heilige Geist! Er begleite euch auf allen euern Wegen, verleihe euch gütig seinen Schutz und spende euch die Kraft und Stärke, euer neues Leben zu meistern und in allen Lebenslagen als fromme Christen standhaft auszuharren bis an euer seliges Ende. Amen."

Tränen der Rührung rollten gar manchen die Wangen herunter und manches feuchte Auge sandte einen hilfesuchenden Blick hinauf zum Helfer in aller Not.

Vom Tische der drei Jungfern war lautes Schluchzen zu hören. Der Abschied des jungen Paares und die warmen Worte des geistlichen Herrn waren der Parrschen so sehr zu Herzen gegangen, dass sie ihren erheuchelten Schmerz nicht mehr unterdrücken konnte. Tränenströme rollten ihre Backen herunter, als Zeichen des scheinbar aufrichtigen Mitgefühles.

Auch der Vorsteher konnte es nicht übers Herz bringen, dem scheidenden Paare in seiner biederen Art herzliche Abschiedsworte zu sagen. Den hageren Oberkörper weit über den Tisch gebeugt, die knochige Faust auf die Kante gestützt, das schmale, runzelige Gesicht mit den vorstehenden Backenknochen Johann Adam zugewandt, blickte er mit seinen stahlblauen Augen zu den beiden Amerikafahrern hinüber. Die silbernen Locken wallten auf seine breiten Schultern herab. Stoßweise brachte er mit zitternder Stimme die Worte hervor:

„Mein lieber Johann Adam! Es tut mir vom Herzen leid, einen anständigen, braven, fleißigen Mitbürger zu verlieren. Gewiss hast du hier noch nicht viel Gutes gehabt und ich kann sehr wohl deinen Entschluss, auszuwandern, verstehen. Ungern lasse ich dich ziehen. Festhalten kann ich dich aber nicht. Du hast deinen freien Willen. So zieht denn beide mit Gott. Ich weiß, du wirst dort drüben durch deinen Fleiß und deine Ausdauer ein tüchtiger Farmer werden, du wirst dich emporarbeiten und nach einigen Jahren einen eigenen schönen Hof und guten Viehstand besitzen. Deine Frau ist die rechte Bäuerin für den neuen Betrieb, sie wird dir treu zur Seite stehen und überall, wo es fehlt, einspringen. Das Glück wird euch beiden hold sein. Gottes Segen möge mit euch ziehen. Wir werden euch nie vergessen. Das ganze Dörflein wünscht euch von Herzen Gottes Glück und Segen."

Die Stunden verrannen, man erzählte sich Geschichten aus verflossenen Zeiten, man sang alte, schöne Volkslieder und sprach dem guten Tropfen des Winkelwirts zu. Der Uhrzeiger nährte sich bereits der mitternächtlichen Stunde. Gegen zwölf Uhr ergriff noch einmal Seppl das Wort:

„Mein lieber Freund Johann Adam! Der Tag deiner Abschiedsfeier geht zu Ende. Ich möchte daher diese Gelegenheit nicht versäumen, dir noch einmal unsere Gedanken auszusprechen. In unsere Kameradschaft reißt

deine Auswanderung eine empfindliche Lücke. Wir werden
dich sehr vermissen, doch wirst du niemals vergessen
werden. Zu sehr hast du dir die Herzen aller Kameraden
gewonnen. Ich habe dich schätzen und lieben gelernt. Ich
weiß, dass du auch drüben deinen Mann stellen wirst.
Wer so unerschrocken wie du der Gefahr ins Auge schaute, wer solchen Mut, solche eiserne Willenskraft, blitzschnelle Entschlossenheit, Wagehalsigkeit und Gewandtheit an den Tag legte, wer wie du seelenruhig die kritischen Augenblicke meisterte und alle sich nur bietenden
Vorteile in höchster Gefahr auszunutzen wusste, kann
nicht untergehen. Und sollten einmal wirklich harte
Stunden an dich herantreten, sollten die Rothäute dir ans
Leder wollen, dann wirst du schon mit ihnen fertig werden.
Wir werden mit unseren Gedanken immer bei dir
sein. Schreibe uns so oft es dir die Zeit erlaubt. Wir sind
alle an deiner neuen Heimat sehr interessiert und du
weißt ja auch, dass noch mancher von uns hinüber will.
Dann feiern wir drüben ein recht fröhliches Wiedersehen.
Nun wünschen wir dir und deiner Frau noch einmal alles
Gute in der neuen Heimat. Zum Abschiede leeren wir
unsere Gläser auf euer Wohl und singen zum Abschluss
gemeinsam das Lied Von meinem Berge muss ich scheiden!"

Die letzten Klänge des Liedes waren verstummt. Alle
erhoben sich und einer nach dem anderen reichte dem
Auswanderungspaare zum Abschiede die Hand. Die
Wirtsstube leerte sich und die Dörfler eilten ihrer Behausung zu.

Besonders herzlich drückte aber der Winkelwirt dem

scheidenden Stammgaste und dessen Frau die Hand.
„Macht's gut, Johann Adam! Viel Glück in den Freien
Staaten!"

Schluchzend reichte die Wirtin den beiden ihre Rechte.
Ihr dickes Bäuchlein war wieder infolge des Weinkramp-
fes in wallende Bewegung gekommen.

Am Mittwoch nach der Abschiedsfeier verließ ein einfaches Bauerngefährt das Bergdörflein. Es barg die Habseligkeiten der beiden Auswanderer. Sie selbst hatten
neben dem Fuhrmann ihre Plätze eingenommen. Alle
Dörfler standen an den Dorfstraßen, um noch einmal
ihrem Mitbürger ein letztes Lebewohl zuzurufen. Tücher
flatterten und Hände winkten solange, bis das Gefährt
den Blicken der Dörfler entschwand.

In Frankfurt am Main suchten die beiden Auswanderer
Anschluss an die übrigen Amerikafahrer zu gewinnen,
um mit ihnen gemeinsam die Reise nach Bremen anzutre-
ten, wo ihr Schiff in zehn Tagen die Fahrt über das große
Wasser antrat.

Tage und Wochen verstrichen. Noch immer stand das
Bergdörflein unter den Eindrücken der Abschiedsfeier.
Das Tagesgespräch drehte sich nur um dieses Ereignis.
Doch bald ging ein geheimes Raunen durch das Dörflein.
Noch immer war keine Nachricht von den Auswanderern
eingetroffen. Hier musste etwas nicht stimmen. Das
Auswandererschiff hatte Schiffbruch erlitten, war nicht
am Ziele, den Freien Staaten, angekommen. Wie ein
Lauffeuer eilte dieses Gerücht durchs Dorf und bildete an
den Wasserschöpfstellen den Hauptgesprächsstoff. Die
Flüsterpropaganda hatte wieder einmal Wasser auf den

Mühlen. Alle Einwände der vernünftig denkenden Frauen und Mädchen wurden von der gehässigen Binsia und der rechthaberischen Junde widerlegt. Sie waren nun einmal Meisterinnen der Verdrehungskunst, verstanden ihre Berichte schmackhaft und glaubwürdig zu gestalten, entwickelten dabei eine fabelhafte Phantasie und streuten so Verwirrung und Unruhe in die friedliche Gesinnung der Dörfler.

Früher als in anderen Jahren zog der Herbst in den Spessartwinkel ein. Die Zugvögel hatten bereits das Dörflein und seine Umgebung verlassen. Nur vereinzelt sah man noch hier und da einige Nachzügler, die den Anschluss an die Massenwanderung verpasst hatten oder noch ihre zu spät ausgeschlüpften Vogelkinder betreuen und im Fliegen unterrichten mussten. Verstummt war der liebliche Gesang im Walde und dem Buschwerk um das Bergdörflein. Kahl und verödet lagen Äcker und Wiesen der Flur da. Die Obstbäume, die sich wie ein Kranz um das Dörflein zogen, ächzten unter der Last rotwangiger Äpfel und saftiger Birnen. Auch die Zwetschenernte brachte reichen Ertrag. Für den Winkelwirt war es ein Jahr bester Hoffnung. Sommer und Nachsommer hatten reichlich Sonnenschein gebracht und Äpfel und Birnen verhießen einen guten Tropfen. Aber auch seine Brennerei konnte ihn wieder für ein Jahr mit dem im Winkelgebiete so begehrten Zwetschenbranntwein versorgen. Recht kühl waren schon die Nächte und im Klingbach- und Kinzigtale, dem Happelsgrund und all den vielen Waldschluchten lagerten morgens milchig weiße Nebelschwaden, ließen nur die Bergkuppen des Winkelgebietes wie kleine Inseln aus dem Nebelmeere herausragen. In den späten Morgenstunden braute dieses weiße Meer zur

Höhe, um am blauen Himmel die mannigfachsten Wolkengebilde zu formen. Dann trat der reizende Wald in seinem schönsten Kleide hinter den weichenden Nebelvorhängen ans Tageslicht. In allen Farben prangte sein Gewand. Vom zartesten Rot bis zum dunkelsten Schwarz lachte er in der strahlenden Herbstsonne die Menschen an. Gelbbraune Farnwedel reckten ihre Arme fächerartig empor, in dem Fichtenschlage huschten piepsende Goldhähnchen, Blau-und Schwarzmeisen emsig von Ast zu Ast. Ihr Tisch war nun nochmals reichlich gedeckt. Häher ließen ihren rätschenden Schrei ertönen und Eichhörnchen gaben ihre Kletterkünste zur Schau. Behaglich knurrend rasten sie die schlanken, glattrindigen Stämme auf und nieder, um die ölhaltige Bucheckerne unter Wurzelstöcken für den langen Winter aufzuspeichern. Unzählige Pilze schossen in den verschiedensten Formen und buntesten Farben über Nacht aus der Erde und verliehen dem Walde einen märchenhaften Reiz. Bussarde zogen am Tage gleich Seglern ihre ruhigen, sich erweiternden Kreise und des Nachts hörte man den schaurigen Ruf der Waldeulen. Beim Eintritt der Dämmerung und morgens in der Früh erdröhnte aus den Wäldern das Röhren und Orgeln des Königs der Wälder, des verliebten und in dieser Minnezeit recht unvorsichtigen Hirsches. Es war die Zeit, in der die Jäger und Wildschützen des Spessartwinkels besonders gern auf dieses edle Wild pirschten. Und mancher kapitale 24-???Ender oder Kronenhirsch, der das ganze Jahr hindurch unsichtbar war, musste gerade
jetzt sein leichtsinniges Liebesspiel durch die Kugeln treffsicherer Wilderer beenden.

Ein selten schöner Septembertag war der Nacht gewichen.

Durch die dichten Nebelmassen schlich die Kolonne der Salzschwärzer. Nicht mehr wie früher führte ihr Weg zum Jägersheiligen. Durchs Grönnje ging es im Wald die Grenze entlang ins Kurhessische. Die alten Grenzsteine mit dem Mainzer Rad und dem Kreuz des Fürststiftes Fulda lagen zur Linken der Salzschwärzer. Ohne Zwischenfall erfolgte der Grenzübergang und man näherte sich der Lagerstätte der Kinzigtaler. Der dichte Nebel nahm im Scheine des Lagerfeuers einen violetteren Ton an. Nach der langen Unterbrechung der üblichen Schmuggelgänge war die Nachfrage nach Salz im Kinzigtale besonders groß geworden. Die Preise für schwarz gehandelte Ware hatten merklich angezogen und das Geschäft brachte großen Gewinn. Darob herrschte auf beiden Seiten größte Freude. Man sprach dem Zwetschenbranntwein der Bergler zu und die Kinzigtaler, die als berüchtigte Wildschützen bekannt waren, versorgten die Dörfler reichlich mit Wildbret, das sie am Spieße schön knusprig gebraten hatten. Eine recht gehobene Stimmung kam auf. Seit dem letzten Zusammentreffen gab es viel zu erzählen. Die Auswanderung des Johann Adam stand im Vordergrunde. So ein freies Land wie Amerika war auch die Sehnsucht der Schmuggler aus dem Kinzigtale. Gar mancher ließ die Äußerung fallen, dass er, falls das Schmuggeln unterbunden werden sollte, ebenfalls nach den Freien Staaten auswandern würde. Dort könne man wenigstens als freier Mensch leben, jagen und handeln wie es einem beliebt, käme mit Grenzern und Polizei nicht in Konflikt.

„Das wär ein Leben für uns", rief der schwarze Peter aus dem Kurhessischen, der Führer der Kinzigtaler, dessen pechschwarzes Haar und Vollbart ihm diesen Kosenamen eingebracht hatte. In seinen Augen lag etwas jäh aufflackernd Wildes, das Furcht einflößen konnte. Sein speckiger, von Wind und Wetter arg mitgenommener Wildschützenhut passte so recht zu diesem verwegenen Burschen.

„Herrgott, da wollte ich manchen Kapitalen auf die Schwarte legen und in den Jagdgebieten der Rothäute nach Büffeln jagen. Sakra, das wäre ein Vergnügen! Das wäre ganz mein Fall. Wahrhaftig, mich packt jetzt schon das Amerikafieber. Ich bleibe nicht mehr lange bei euch in dieser armen Gegend."

„Da wüßte ich doch eine lohnendere Beschäftigung um schnelller reich zu werden", warf Hanjörg von Salmünster ein.

„Ich ziehe nach Kalifornien und werde Goldgräber. Da bin ich bald reich und brauch mein Lebtag nichts mehr zu schaffen. Dann kann ich ein Leben wie unser Kurfürst in Kassel führen."

„Da lob ich mir nun doch unseren Johann Adam", erwiderte der Waldhofseppl.

„Er bleibt seinem alten Beruf treu. Bauer war er in unserem Bergdörflein und Bauer will er auch wieder drüben sein. Warum soll der net auch reich werden? Wenn seine

Farm erst einmal in Ordnung ist, wenn seine Äcker gute Ernten abwerfen, wenn er erst einmal große Herden Vieh besitzt, kann er genügend absetzen. Die Masse bringt dann reichen Gewinn. Dann ist er bald ein gemachter Mann. Und tauscht mit keinem von euch beiden. Der hat's richtig gemacht, bleibt seinem ehrbaren Handwerk treu. Grad so würd ich 's auch machen. Ein Bauer is doch ein kleiner Fürst auf seinem Besitz, dem muss doch jeder kommen, sonst hat er eben nichts zu essen. Und Geld kriegt er schon für sei War', mehr als er braucht. Oder stimmt's net?"

Die Geisterstunde war angebrochen und in der Matzemich trennten sich die beiden Schmugglerbanden.

„Schaut zu, dass ihr gut auf euern Berg kommt", rief der schwarze Peter, „und lasst euch net wieder einen Streich spielen. Gut Glück! Bis zum nächsten Mal. Horrido!"

Seppl arbeitete sich mit seiner Bande mühsam die steilen Hänge des Happels hinauf. Im dichten Nebel war kaum drei Schritt weit zu sehen. Man näherte sich der Grenzlinie. Leiser wurden die Gespräche, die Späher waren vorausgeeilt. Grade huschte der letzte Schmuggler wie ein Schatten im Nebel über die Grenze, als in hundert Metern Entfernung ein lautes „Halt!" erscholl. Hastig schleichend eilten die Schmuggler dem Felde zu und strebten zur Höhe des Struthweges. Vorsicht war ja nun nicht mehr geboten, da sie die Grenzer wegen des dichten Nebels nicht verfolgen konnten.

„Die Burschen geben aber eben sakrisch scharf acht auf uns", unterbrach der lange Max das Schweigen der Kolonne.
„Weiß der Teufel, wo sie nur immer stecken. Hatte doch heute bei diesem undurchsichtigen Nebel wirklich nicht mit den Grenzen gerechnet. Wird halt immer schwieriger, das Salzschwärzen. Johann Adam hat richtig

vorausgesehen und beizeiten das Feld geräumt."

„Ja, recht hat er gehabt", gab Seppl verdrießlich zur
Antwort. „Werden wohl das Schwärzen ganz aufgeben
müssen. Die Kontrolle wird immer schärfer. Die Grenzer
haben nun einmal auf unser Dörflein Verdacht. In den
ersten Tagen wird's da wieder eine große Neuigkeit geben.
Wir müssen auf alles gefasst sein. Bringt euer gelagertes
Salz in Sicherheit!"

„Werden bei mir nichts finden", sagte Franzl. „Mein
Schwärzersalz ist immer in Sicherheit. Die können ruhig
mein Haus umdrehen."

„Das gibt wieder eine schöne Geschichte für die tollen
Weibsleut", äußerte Kaspar. „Muss aber auch immer
etwas sein. Die werden ja zum Quatschen angehalten!"

Die Kolonne hatte den Dorfrand erreicht. Man verabschiedete
sich herzlich und jeder eilte seiner Behausung
zu.

Drei Tage waren vergangen. Es war um die Mittagszeit
als drei Zollbeamte der Zollstation Wirtheim schweißtriefend
im Bergdörflein erschienen und in den Hof des Vorstehers
einbogen. Schon öfters hatte sich ein Zöllner auf
den einsamen Berg verirrt, sodass man sich an diesen
einzelnen unbeliebten Gast gewöhnt hatte. Aber das Erscheinen
von drei dieser verhassten Beamten erregte nun

doch wieder großes Aufsehen. Das hatte doch etwas Besonderes
zu bedeuten. Misstrauisch verfolgten daher die
Blicke der Dörfler die stolz zum Bürgermeister schreitenden
Uniformträger.

Auch der Vorsteher war nicht wenig erstaunt ob des
Erscheinens der drei Schnüffler. An dem großen Eichentische
nahmen sie alsbald Platz und kramten aus ihren
Taschen eine Menge Verordnungen und Verfügungen.
Dem Vorsteher wurde angst und bange vor dem Berg von
Schriftstücken. Verlegen kratzte er sich in den Haaren
und fragend glitten seine Blicke von einem zum anderen
Beamten. Was mochte dies alles wieder zu bedeuten haben?
Gewiss nichts Gutes. Bald sollte er Klarheit über
den unerwarteten Besuch erhalten. Ein in den Vierzigern
stehender gut genährter Beamter mit schwarzem
Schnurrbart und stechendem Blick warf dem verdutzt
dreinschauenden Vorsteher einen kurzen Amtsblick zu
und sprach:

„Herr Vorsteher! Vor drei Tagen wurde wiederum in
der Nähe Ihres Dorfes eine Schmuggelbande beobachtet,
die sich auf dem Rückwege aus dem Kurhessischen befand.
Leider konnten die Grenzer wegen des dichten Nebels
Stärke und Marschrichtung der Schmuggler nicht
feststellen. Es ist aber anzunehmen, dass dieselbe aus
Ihrem Dorfe stammt oder wenigstens hier Unterschlupf
fand. Weiter besteht der Verdacht, dass die Schmuggelware

116

in Ihrem Dorfe versteckt gelagert wird. Es darf
wohl als sicher angenommen werden, dass das Salz nicht
am selben Tag über die Grenze gebracht wird. Wir haben
daher von der Regierung den Auftrag, in Ihrem Dorfe
eine scharfe Hausdurchsuchung vorzunehmen. Alle den
Einwohnern nicht zustehenden Salzbestände müssen
beschlagnahmt werden. Sie werden daher aufgefordert,
uns bei der Ausführung unseres Auftrages zu unterstützen.
Ich möchte Sie auch gleich im Anschluss an meine
Worte mit den neuesten Verordnungen die sich auf das
Salzschwärzen beziehen bekanntmachen."

Er blätterte nachdenklich in den Akten herum, ergriff
ein längeres Schriftstück und begann zu lesen:

Salzschwärzen betreffend.
Nach besonderer Königl. Regierungsverfügung vom
5ten Januar letzten J. soll die schärfste Aufsicht gegen die
verbotswidrigen Salzschwärzungen geführt werden, in-
dem es der königlichen Regierung besonders angelegen
ist, dieses für die Sittlichkeit und allgemeine öffentliche
Sicherheit ebenso gefährliche als für das Staates Ärger
nachteilige Übel durchaus zu unterdrücken. Die Gemeinde
Vorsteher haben daher jeden Verdacht solcher An-
schwärzungen mit aller Strenge zu verfolgen und sind mit
den Gemeinde Ausschüssen verantwortlich, die strengste
Aufsicht, auf die als Schwärzer schon gekannten Indivi-
duen zu führen, selbst durch Haussuchungen mit Unter-
stützung durch Landgerichts Diener und Gehülfen, so wie
die zu ersuchende Königl. Gendarmerie etwaige Vorräte
fremden eingeschwärzten Salzes aufzunehmen und sich
von der Abwesenheit einzelner Einwohner oder Familien

Glieder ohne Erlauben Zweck und auswärtige Geschäfte zu verlässigen. Über solche Personen ist laut besonderer Polizeiaufsicht einzuschreiten und wenn Salzschwärzungen in Rotten geschehen sollten, sogleich Anzeig zu machen.

Nur durch die pflichtmäßige genannte Befolgung dieser Verfügungen und dadurch zu erziehende Einstellung des Salzschwärzens kann die allgemeine drückende Verfügung abgewendet werden, das jede Gemeinde, das den ganzen Ort nach der Consumtions Tabellen treffende, jährliche Salzquantum übernehmen und auf die Consumenten selbst verteilen.

Orb, am 24. Januar Königl. Landgericht.

Eine andere Verfügung lautet:

Würzburg, am 3 ten Juni.
Im Namen Seiner Majestät des Königs.
Die Königl. Regierung ist veranlaßt, die Königl. Landegerichte an der Kurhessischen Grenze neuerlich zur strengsten Aufsicht gegen Salzschwärzungen anzuweisen, wobei insbesondere darauf zu sehen ist, daß die diesfallsigen Aufsichtsmaßregeln von den Ortsvorstehern und Gemeinde Ausschüssen gehörig unterstützt und genauestens vollzogen werden, worüber eine scharfe Wachsamkeit um so erforderlicher erscheint als Anzeigen geschehen sind, daß selbst von Ortsvorstehern Atteste für Ortsuntergebene, daß sie Königl. bayerische Untertanen seien zum Behufe des Salzeinkaufes ausgestellt werden.

Und eine weitere:

118

Würzburg, am 13. Juni.

Im Namen Seiner Majestät des Königs.

Zufolge einer allerhöchsten Verfügung vom 21ten März

d. Js. wird die den Untertanen für Einquartierung der
Zollschutzgendarmen zugesicherte Einquartierungs Ent-
schädigung von täglich 2 Kreuzern pro Mann künftig
durch die auswärtige Gendarmerie Station an die Quartier
Väter gegen Quittung bezahlt, daß diese Zahlung
seither durch die Königl. Zollämter geschah.

„Herr Vorsteher, Sie sehen hieraus, dass in Zukunft mit
aller Strenge gegen das Salzschwärzen vorgegangen werden

muss. Sie müssen auch, wie Sie aus vorstehender
Verordnung ersehen, mit Einquartierung von Zollbeamten

und Grenzgendarmen rechnen. Sollte aber auch dann
das Schwärzen noch nicht unterbunden werden, wird Ihr
Dorf für mehrere Wochen ein Militärskommando eines
Linienregiments als Einquartierung erhalten. Leider stehen

ja einige Vorsteher der Grenzdörfer mit den
Schmugglern in Verbindung, unterstützen das Salzschwärzen und haben strengste Bestrafung zu erwarten.

An Ihnen liegt es nun, tatkräftig mitzuhelfen, damit es
endlich einmal in diesem Grenzgebiet Ruhe gibt.“

Es entstand eine kleine Pause. Die Zollbeamten ordneten
wieder die auf dem Tische ausgebreiteten Papiere und
verwahrten sie in der Tasche. Alsdann sprach der Führer
der Zollbeamten:

„Und nun, Herr Vorsteher, fordere ich Sie auf, mit uns die Durchsuchung der Häuser durchzuführen. Sie wissen ja in Ihrem Dörflein am besten Bescheid und ich hoffe, in Ihnen einen getreuen Helfer unseres geliebten Königs zu finden. Übernehmen Sie daher unsere Führung!"

Alle verließen das Gehöft des Vorstehers und schlenderten durch die holperigen Straßen dem Hofe des Waldhofbauern zu. Das Erscheinen der Zollbeamten hatte bereits bei den Dörflern Verdacht erregt und wo noch etwas vom Schwärzersalze in Sicherheit zu bringen war, war dies in größter Eile geschehen. Nun konnten die Zollbeamten ruhig kommen und zur Durchsuchung der Häuser schreiten. Der Waldhofseppl stand gerade vor der Haustür als der Vorsteher mit den drei Beamten in den Hof einbog. Verschmitzt vor sich hin lachend strich er sich durch sein lockiges Haar, drehte seinen fein gepflegten
Schnurrbart und bot in etwas ironischem Tone den Ankommenden seinen Tagesgruß.

„Grüß Gott, zusammen! Herr Vorsteher bringt ja hohen Besuch in unser Haus. Sind wir aber angesehene Leut', wenn gleich drei Uniformträger zu uns kommen! Und was bringen Sie denn Neues, wenn man fragen darf?"

„Ist der Vater zu Hause, Seppl", sagte gelassen und ruhig der Vorsteher.

„Ei freili, Vater und Mutter sitzen gerade in der Küche. Kommt nur rein, wenn Ihr sie sprechen wollt." Damit führte er die Herren ins Haus.

Lange und forschend ruhten die Blicke der Zollbeamten

auf dem strammen Burschen, der mit so viel Freundlichkeit
sie empfing und zur bäuerlichen Küche geleitete.

Die Mutter war nicht wenig erschrocken bei dem Anbli-
cke
der Uniformträger. Sorgenvoll betrachtete sie ihren
über alles geliebten Seppl.

„Waldhofbauer", begann der Vorsteher, „wir müssen
Euer Haus durchsuchen. Die Zollbeamten haben den
Auftrag, alle Salzbestände des Dörfleins festzustellen. In
den letzen Wochen hat das Salzschwärzen wieder Formen
angenommen, die für den Staat nicht mehr tragbar
sind. Ich bitt' Euch daher, uns alle Eure Stuben, Keller
und Bodenräume zu zeigen."

„Wenn's weiter nichts ist", sagte der Waldhofseppl,
„da könnt Ihr getrost alles durchwühlen. Schwärzersalz
gibt es in unserem Hause nicht. Vater, wir wollen den
Herren alle unsere Schätze zeigen." Die Zollbeamten
schnüffelten in allen Schränken, Kästen und Töpfen herum, konnten aber das was sie so sehnlichst suchten nicht
finden. Nicht ein Quäntchen Salz war zu viel im Hause.

Zufrieden nickte Seppl dem Vorsteher zu und sagte lachend zu dem Beamten:

„Hier werdet Ihr wohl in keinem Hause unseres Dörfleins
mehr Salz finden, als den Familien zusteht. Sind
alles ehrbare Leute, die Bergdörfler, die in Liebe an ihrem
König hängen und daher alles tun, was der König

wünscht. Nie werden sie gegen die Verordnungen und die Gesetze verstoßen. Salzschwärzer wohnen nicht in diesem friedlichen Dorfe. Das kann ich euch versichern."

Höflich grüßend verließen die Beamten den Waldhof, um bei den übrigen 17 Nachbarn ihre Pflicht zu erfüllen, aber ebenso wenig Erfolg zu haben. Als der Vorsteher abends von dem Pflichtgange nach Hause kehrte, war ihm leichter zu Mute. Eine zentnerschwere Last war ihm abgenommen. Nirgends war auch nur ein Quäntchen eingeschwärztes Salz gefunden worden. Die Ehre des Bergdörfleins war wieder einmal gerettet.

Nicht gerade in bester Stimmung verließen die Beamten in der Dämmerung das Dörflein. Schadenfrohe Blicke folgten ihnen bis zum Dorfausgange und mancher nicht gerade fromme Wunsch begleitete sie hinunter durch den Wald zum Tale.

Wieder war ein Jahr über das Bergwinkelgebiet gerollt, als ein Bote einen dicken Brief aus den Freien Staaten von Amerika dem Waldhofseppl überbrachte. Die Freude in dem ganzen Dörflein war allgemein. Auch die Mutter des Ausgewanderten hatte gleichzeitig das erste Lebenszeichen von ihrem ältesten Sohne erhalten. Zu gerne hätte der Waldhofseppl den Brief sofort geöffnet, doch sollte dies in besonders feierlicher Art im Beisein aller Kameraden und Bergdörfler am kommenden Sonntage beim Winkelwirte geschehen. Alle sollten sie erfahren, was der von weither kommende Brief berichtete. Unter den Burschen und Mädels herrschte daher eine mächtige Gespanntheit und nicht rasch genug wollte es Sonntagabend werden. Wie bei der Abschiedsfeier strömte daher die gesamte Dorfjugend zum Winkelwirte. Aber auch manch

alter, schon ergrauter Bergler ließ es sich nicht nehmen selbst Zeuge dieser Feierstunde zu sein. Vorsteher, Bergpfarrer und Naaz bewiesen durch ihr Erscheinen, dass auch die Spitzen des Dorfes an dem Schicksale der ersten Auswanderer reichlich interessiert waren. Aber auch jene drei, die immer wieder bei solchen Gelegenheiten ihre Neugierde befriedigen wollten, hatten ihre traditionellen Plätze in der Gaststube eingenommen. Die Wirtin saß wie immer am Kachelofen mit über den Leib gefalteten Händen und musterte über die Brille schauend die frohgelaunten und erwartungsvoll dreinschauenden Gesichter. Endlich war Gewissheit ins Bergdörflein gekommen, endlich waren die Gerüchte von dem Schiffbruch der Auswanderer Lügen gestraft. Freundliche Blicke wechselte die Jugend gegenseitig und hell erklangen die gefüllten
Gläser. Der Winkelwirt aber zeigte sein gewohntes Schmunzeln.

Seppl erhob sich und ergriff das Wort:

„Ich habe es für richtig gehalten, in eurem Beisein den ersten Brief aus den Freien Staaten zu öffnen und vorzulesen,
damit nicht wieder der Inhalt entstellt in die einzelnen Familien getragen wird. Ehe ich nun zu diesem feierlichen Akte schreite, fordere ich euch alle miteinander auf, mit mir auf das Wohl unseres geliebten Kameraden zu trinken.“

Alsdann öffnete er den dicken Brief und begann zu lesen:

Mein treuer Freund Waldhofseppl, ihr guten Kameraden alle und alle ihr lieben Bergdörfler!

Ein Jahr ist nun verflossen, seitdem ich mein heiß geliebtes Bergdörflein verließ. Noch stehe ich ganz im Banne der erhebenden Abschiedsfeier. Ihr alle könnt euch gar nicht vorstellen, wie ich damals innerlich kämpfen musste, die Tränen zu unterdrücken. Doch die unglücklichen
Verhältnisse hatten mich nun einmal veranlasst, für immer meiner alten Heimat den Rücken zu zeigen. Viele haben damals meinen Schritt nicht verstehen können, mir denselben gar verübelt. Wie dem auch sei, ich habe es bis jetzt noch nicht bereut. Gewiss seid ihr nun alle recht gespannt, wollt erfahren, wie es mir im verflossenen Jahre erging und wie es in den Freien Staaten aussieht. Euch hierüber aufzuklären, soll ja der eigentliche Zweck meines Schreibens sein.
In Bremen bestiegen wir, nachdem alle Formalitäten erledigt waren, unser Schiff. Für uns Landbewohner war dies ein eigenartiges Gefühl, nun für einige Wochen auf der endlosen Wasserwüste zu schwimmen. Wir trafen noch mehr Auswanderer aus unserem Bayernlande, aus der engeren und entfernteren Umgebung unseres Bergdörfleins
und gleiche Beweggründe, gleiche Zukunftspläne, gleiches Reiseziel sorgte dafür, dass wir uns zu einer festen Gemeinschaft zusammenschlossen, die Freud und Leid der langen Überfahrt brüderlich teilte. Neben uns Bayern fanden wir Deutsche aus allen Ländern, Kurhessen,
Nassauer, Rheinhessen, Badenser, Württemberger, Sachsen, Preußen, Östreicher, Rheinländer und Westfalen.
Aber auch Schweizer, Elsässer, Polen und Ungarn

waren vertreten. Man hörte die Zunge aller Völker Europas.

Unser Schiff war mit starken Segeln versehen und sah im Hafen von Bremen recht stattlich aus. Bei der Menge der Auswanderer war der uns zur Verfügung stehende Raum knapp bemessen. Es herrschten manchmal recht gedrückte Verhältnisse. Bei eintretender Flut verließen wir den Heimathafen und glitten schaukelnd die Weser abwärts. Wesermünde lag bereits hinter uns und wir durchfuhren die Nordsee. Die Küste Deutschlands war in weiter Ferne als ein schmaler Schattenstreifen zu sehen. Alle standen wir auf Deck und sandten unserem Vaterlande
die letzten Abschiedsgrüße zu. Obwohl die meisten freiwillig hinüberzogen, fand sich doch bei diesem Anblick
kein Auge tränenleer. Immer bewegter wurde die Nordsee. Wie eine Nußschale schaukelte das Schiff bei hohem Wellengange auf und nieder. Die anfängliche Angst, besonders bei Frauen und Mädchen, ebbte bald ab. Man gewöhnte sich mit der Zeit an diese ungekannten Naturereignisse. Wellen schlugen knallend gegen die Planken des Schiffes, weiße Gischt überflutete das Deck und wir mussten unter Deck Schutz suchen. Noch einmal stieg unsere Heimat in all ihrer Schönheit vor unseren Augen auf, als wir in der Ferne die roten Sandsteinfelsen der Insel Helgoland erblickten. Als wir in den Kanal einbogen, beruhigte sich die See und es tauchten die steilen Kreidefelsen der Südküste Englands vor uns auf. In Southampton legten wir zum letzten Mal in einem europäischen Hafen an, nahmen Proviant und weitere Auswanderer an Bord und sagten dann für immer der Alten Welt Ade. Lotsen geleiteten unser Schiff sicher aus dem

Hafen ins offene Meer und mit Westkurs segelten wir in den Ozean. Scharen von Möwen und anderen Wasservögeln umflatterten unser Schiff, ließen sich zu kurzer Rast auf demselben nieder, um uns dann wieder ihre Flugkünste zu zeigen. Interessant war es auch, die Unmenge der Fischarten zu beobachten, die das Schiff umschwärmten und gierig nach den Speiseresten schnappten,
die ins Wasser geworfen wurden. Mich fesselten immer wieder die fliegenden Fische, die mit eleganten Sprüngen aus dem Wasser schossen und eine kurze Strecke durch die Luft glitten. Man hatte wirklich keine Langeweile.
Doch nicht alle Tage verlief die Fahrt in solch angenehmer Weise. Je weiter wir ins offene Meer kamen, desto unruhiger wurde das nasse Element. Stürme und Gewitter stellten sich ein und peitschten das Meer in ungeahnter Weise auf. Der Aufenthalt auf dem Deck war unmöglich. Mit donnerartigem Krachen schlugen die haushohen Wellen auf das vom Sturm hastig dahinjagende Schiff, das ängstlich ächzte und stöhnte. Das Ende der Welt schien nahe zu sein. Zusammengekauert saßen wir dann in unseren Kajüten und versuchten durch Späße die

verängstigten Frauen und Kinder zu beruhigen. Durch das mächtige Schaukeln des Schiffes, durch die haushohen Sprünge, die es auf dem Rücken der stürmisch jagendenWellen unternahm, stellte sich naturgemäß bei allen Auswanderern eine Krankheit ein, die drei Tage anhielt. Es ist die Seekrankheit. Mein lieber Seppl, es ist einem dann übler, als wenn man den schwersten Schnapskater hat. Man übergibt sich unaufhörlich, hat keinen Appetit, ist in allen Gliedern zerschlagen und schleicht dahin wie eine wandelnde Leiche. Am liebsten möchte man sterben.

Es scheint so, als wären mit der tobenden See auch die Eingeweide des Menschen in Aufruhr gekommen. Die Schiffsmannschaft, die diese Krankheit von ihrer ersten Seefahrt her kennen, zeigen den Befallenen nur ein schadenfrohes, hämisches Lächeln.

Noch einmal durchkreuzten wir, hart an der amerikanischen Küste, ein solches Unwettergebiet. Hier war es empfindlich kälter und dichtes Schneegestöber begleitete die Gewitterstürme. Nach drei Wochen Fahrt kamen wir der Küste der Neuen Welt näher. Schon begrüßten uns die ersten Boten des westlichen Erdteiles. Scharen von Wasservögeln und Möwen umflogen und umgaukelten unser Schiff und eines morgens sahen wir im Westen den von der Sonne hell erleuchteten Küstenstreifen der Freien Staaten. Unsere Freude könnt ihr euch vorstellen. Endlich
wieder Land in Sicht, endlich sollten wir die tückische Wasserwüste verlassen, wieder festen Boden unter unseren Füßen haben, das Land unserer Sehnsucht betreten
dürfen. Wir bogen in den St. Lorenzstrom ein und näherten uns unserem Ausschiffungshafen New York. Nachdem auch hier alle Formalitäten erledigt waren, durften wir unser Schiff verlassen und an Land gehen.

Überall standen schon die Agenten, die mit den Neuangekommenen
Fühlung nahmen, nach Zweck und Ziel der
Reise sich erkundigen. Es hieß vorsichtig sein, denn schon mancher Auswanderer fiel Schwindlern in die Hände, die ihn um all seine Ersparnisse brachten. Elend ging er in den Freien Staaten zugrunde.

Wieder war mir das Glück hold. Ich erwarb unter günstigen Bedingungen eine einige tausend Acre große Farm im Staate Missouri. Stellt euch aber nur nicht vor, dass der Boden bereits unter dem Pfluge gewesen war. Nein, es war unbebautes Land, teils Prärie, d.h. Weideland, auf denen Herden aller Wildarten und Büffel grasten, teils Wald. Noch war der Boden ausgeruht, tiefgründig und recht fruchtbar. Ich hatte so wenigstens wieder Eigenbesitz und konnte nun frisch an mein Werk gehen.

Und nun will ich euch mitteilen, was ich bereits im ersten Jahre geleistet habe. Geschlossene Ortsflächen wie bei euch findet man hier auf dem flachen Lande noch nicht. Man trifft meist Einzelgehöfte an, die sehr weit voneinander entfernt liegen. Stellt euch aber einen Farmerhof nicht nach deutschem Muster vor. Dies anzunehmen wäre weit gefehlt. Ein einfaches Blockhaus, das meist nur einen einzigen Raum als Wohn-, Schlaf-und Kochraum enthält, ein primitiver Verschlag aus Stämmen und Stangen, mit Schilf und Gras bedeckt sind die Gebäulichkeiten des Farmers, bieten Menschen und Tier Unterkunftsmöglichkeiten und Schutz vor der Witterung. Das Vieh ist ja das ganze Jahr hindurch auf der Weide.

Als wir nach langer Wagenfahrt mit dem Ochsengespann unsere neue Farm erreichten, sie bestand ja nur aus dem gekauften Land im rohen Zustand, richteten wir uns an einer Quelle ein Notzelt aus Stangen, Strauchwerk und Gras her, um wenigstens für alle Fälle ein Dach über dem Kopfe zu haben. Die Nächte sind hier bei weitem kälter als bei euch. Das notwendigste Geschirr hatte ich in den Städten, die ganz nach europäischen Muster ge

128

baut sind, gekauft. Mit der Farmergesellschaft hatte ich einen Vertrag abgeschlossen und verfügte so über genügend Geld, mein Einkäufe zu tätigen. Jährlich habe ich meine fälligen Zinsen und Abträge zu leisten und werde bei einigem Glück in 15 bis 20 Jahren meine Schuld vollkommen abgetragen und meine Farm als freies Eigentum haben. Neben einem Paar Zugochsen erstand ich mir einen Kastenwagen, sechs Kühe, ein Reitpferd, 8 Schweine, 15 Schafe, einen wachsamen Spürhund, ein Dutzend Hühner, einige Gänse und Enten. Der Spürhund ist hier unbedingte Notwendigkeit. Den Kastenwagen belud ich mit meinen Habseligkeiten aus der alten Heimat. Haus- und Handwerksgerät jeglicher Art, Äxte, Sägen, Pickel, Platthacken, Schippen, Grabscheite, Sensen, Sicheln, Pflug, Egge, Eisenfeilen, Nägel und dergleichen und ein gewisser Vorrat an Lebensmitteln ergänzten den Inhalt des mit einer Plane überzogenen Wagens. Für einige Wochen konnte ich nun wirken und schaffen. Mit aller Kraft und Gottes Hilfe gingen wir nun an unser Werk. Bald hatten wir ein nach unseren Begriffen schönes Blockhaus gezimmert. An Bauholz fehlt es ja hier nicht. Es ist nicht so wie in Deutschland. Was man braucht, holt man sich in den riesigen Urwäldern. Die Quelle vor unserem Haus wurde mit Quadern eingefasst und ihr lustiges

Plätschern weckt täglich Erinnerungen an die Wasserschöpfstellen unseres Heimatdörfleins. Der Farm gab ich den Namen unseres Bergdörfleins. Auch eine Koppel war bald angelegt und unser kleiner Viehbestand grast unbesorgt in den großen Weideflächen. Wald brauchen wir vorerst nicht auszuroden, da genügend Acker-und Gartenland aus den Weideflächen zu gewinnen ist. Mit dem Pfluge wurde Stück für Stück umgebrochen und der

129

fruchtbare Boden gab schon im ersten Jahr verhältnismäßig guten Ertrag. Angebaut wurde Roggen, Gerste, Weizen, Mais, Zuckerrüben und Kartoffeln. Gingen Lebensmittel zur Neige oder fehlte es an Handwerkszeug und dergleichen, so zogen wir mit unserem Ochsengespanne in die nächste Stadt, das war eine Tagesfahrt, verkauften dort unsere Erzeugnisse und handelten Waren ein. Um die Farm brauchten wir uns keine Sorgen zu machen, wenn wir auch einige Tage wegbleiben mussten, die war in guten Händen. Ein zuverlässiger Landsmann aus Franken, der schon längere Jahre in Amerika weilte, jedoch Gaunern in die Hände fiel, kam in den ersten Tagen vollkommen zerlumpt und ausgehungert bei uns an. Er wurde liebevoll aufgenommen von uns und ist so unser bester Kamerad geworden. Ihm können wir getrost bei unserer Abwesenheit die Farm anvertrauen. Voll und ganz setzt er sich für unsern Besitz ein. Auf dem Rücken des Reitpferdes, begleitet von dem treuen Spürhunde, umjagt er die Koppeln, betreut den Viehbestand, der nun schon im Wachsen begriffen ist. Auch hierhin hatten wir Glück. Heute hat sich unser Viehbestand bereits verdoppelt.

Fleisch bietet uns der Wald, der reich an Groß-und Kleinwild ist, in Menge. Daher brauchten wir nicht an ein Abschlachten unseres Viehes zu denken. Im kommenden Jahre werden wir die doppelte Größe unseres Ackerlandes unter den Pflug nehmen und Ertrag bringende Getreidearten und Gewächse anbauen. Mit Gottes Hilfe und etwas Glück werde ich mein mir gestecktes Ziel erreichen.

Unterhalb der Quelle haben wir einen Weiher angelegt, der uns reichlich Fischkost liefert. An Lebensmitteln fehlt es nun wirklich nicht mehr. Mit dem ersten Arbeitsjahre sind wir voll zufrieden. Ansprüche an das

Leben stellen wir ebenso wenig wie ihr da drüben und arbeiten sind wir ja von Hause aus gewöhnt. Das wisst ihr alle am besten. So schauen wir denn getrost der Zukunft entgegen. Meine Nachbarfarmer sind ebenfalls Deutsche. Doch finden sich auch zwischen uns verstreut Siedler anderer Nationalität. Doch verstehen wir uns alle sehr gut. Auch mit den Rothäuten, den Indianern, haben wir ein gutes Verhältnis. Letztere sind nicht mehr so gehässig auf die Weißen zu sprechen wie vor 50 Jahren. Überfälle auf Blockhäuser sind nur noch selten und liegen meist in dem Verschulden der Siedler. Gerne tauschen sie ihre Erzeugnisse, besonders Pelze, gegen Branntwein und Waffen aller Art. Der Handel ist in dieser Hinsicht vollkommen frei und zu schmuggeln braucht man nicht. Grenzer und Zollbeamte kennen wir hier nicht. Wir leben wirklich als freie Menschen in den Freien Staaten. Hauptsache ist, man behält einen klaren Kopf, lässt sich von Schurken nicht begaunern, kommt seinen Zahlungsverpflichtungen nach und ist nach einigen Jahren im wahrsten Sinne des Wortes ein „Freier Bürger" der Union. Und das ist das Ziel, das ich mir in der alten Heimat gesetzt hatte, es zu erreichen ist mein eiserner Wille.

Nun zu euch!

Wohl nagte manchmal das Heimweh an meinem Herzen. Besonders meine Frau konnte sich so gar nicht in die neuen Verhältnisse finden. Das lässt sich ja auch nur zu gut denken. Arbeit und tröstende Worte halfen aber immer
wieder über diese schwachen Stunden hinweg. Im übrigen erhoffen wir in Bälde unseren Stammhalter und

dann wird das hinter uns Liegende eher vergessen wer-
den.
Alles Denken wird sich um unseren Liebling drehen.
Ihm ein schönes Anwesen zu erarbeiten, wird unser gan-
zes
Sinnen und Trachten sein. Wie Kinder freuen wir uns
schon heute auf sein Kommen. Wir sind dann nicht mehr
fremd in diesem Lande. Durch ihn wird es uns so recht
zur Heimat werden.

Wie mag es nun aber bei euch aussehen? – Vertraut
sind uns alle Häuser und Menschen auf euerm Berge.
Was mag sich da all im vergangenen Jahre zugetragen
haben. Gutes oder Schlechtes. Wie wird es meiner Mutter
und meinen Geschwistern gehen? Werden sie noch le-
ben?
Gerne würde ich die Mutter zu mir nehmen. Es sollte
ihr an nichts fehlen. Grüßt mir meine liebe, gute Mutter
und alle Geschwister aufs herzlichste. Alle Tage bin
ich in Gedanken bei ihnen.

Und du, lieber Waldhofseppl, wie geht es dir? Wann
gedenkst du zu heiraten? Und was machen meine übrigen
Kameraden? Gib mir bitte bald einmal einen ausführli-
chen
Bericht über mein liebes Bergdorf, seine Leute und
die Begebenheiten des letzten Jahres. Im Stillen hoffe ich
immer noch, einige von euch als meine Nachbarn begrü-
ßen
zu dürfen. Hier könnt ihr euere Fähigkeiten in jeder
Hinsicht frei entfalten und bei Fleiß und Ausdauer zu
Wohlstand gelangen. Nun will ich schließen. Mögen dich
und alle Dörfler meine Zeilen bei bester Gesundheit er-
reichen.

Unsere Grüße gelten dir, mein lieber Waldhofseppl, all meinen lieben Kameraden und dem ganzen Bergdörflein. Besonders herzlich grüße ich meine gute, liebe Mutter und meine Geschwister.

In alter Treue

dein Freund und Kamerad Johann Adam

Gespannt waren alle den Worten des Waldhofseppls gefolgt. Beifälliges Nicken der Alten bezeugte, dass der erste Auswanderer in ihrem Ansehen mächtig gestiegen war. Auf diesen Mitbürger durften sie stolz sein. Durch solche Leute kam ihr Dorf auch in den Freien Staaten in Achtung. Man diskutierte noch lange beim Bierkruge über das soeben Erlebte und steuerte besonders befriedigt den väterlichen Gehöften zu.

Etwas später als die Alten, brach auch die Jugend beim Winkelwirte auf. Die Burschen brachten ihre Mädchen nach Hause und auf dem Heimwege war man immer noch plaudernd bei den beiden Dörflern, die zuerst den Schritt zu ihrem Glücke in den Freien Staaten gewagt hatten. Gar manches Pärchen hegte im Stillen auch den Wunsch, in ihrer Nähe eine Farm zu besitzen.

Seppl und Sef schritten Arm in Arm dem Berglenehof zu. Sef lehnte sich im übergroßen Glücksgefühle fest an ihren Geliebten. Noch ganz stand sie im Banne des Berichtes.

Ein leiser Seufzer entquoll ihrem Busen. Wie glückliche Menschen könnten sie sein, wenn der Vater nicht ein so großer Starrkopf wäre.

„Wann gedenkst du zu heiraten, Waldhofseppl", klang es ihr immer wieder in den Ohren! „Ja, wann, das hängt vom Vater ab!"

„Sef", brach Seppl das Schweigen, „wie denkst du über unsere Zukunft? Was sagst du zu dem schönen Brief? Warum wollen wir nicht auch bald unserem Kameraden folgen? Warum wollen wir nicht mit beiden Händen zufassen

und uns dort drüben eine schönere Heimat aufbauen? Wie lange wollen wir hier noch im Unklaren herumtappen?

Wie lange noch die Launen deines Vaters auslöffeln? Ich meine, wir entschließen uns kurz und ziehen bald hinüber nach den Freien Staaten."

„Ja, Seppl, grad eben habe ich dasselbe gedacht. An mir soll es nicht liegen. Ich werde dir folgen, wohin du mich führst. Ich werde nie von dir lassen."

Moppi kam den beiden leise Plaudernden winselnd entgegen und sprang, sie freudig begrüßend, an ihnen hoch.

„Moppi, du guter, treuer Beschützer, du meinst es am besten von allen mit uns. Du darfst auch mit uns hinüber nach Amerika."

So kamen die beiden Verliebten am Backhause an.
Seppl umarmte sein Lieb, gab ihr den Abschiedskuss.
„Schlaf wohl, mein Herz. Träume etwas Schönes und lass
dir nochmals unsern Plan durch den Kopf gehen. Behüt
dich Gott!"

Sef trippelte flink um die Ecke der Haustür zu, gefolgt
von dem freudig wedelnden und tänzelnden Moppi, während die Schritte Seppls in der Ferne im Dorfe verhallten.

Die neuesten Ereignisse wirkten sich in einschneidender
Weise auf das Schmugglerwesen aus. Zu sehr passte
das Grenzkommando auf alles auf, was im Bergdörflein
vorging. So lange das Militär im Bergdörflein einquar-
tiert war, war an weitere Grenzübertritte und das Schwärzen
nicht mehr zu denken. Auch die erlassenen Verfügungen
ließen erkennen, dass die bayerische Regierung
für immer das Schmuggeln an der Nordwestgrenze, dem
Spessartwinkelgebiet, unterbinden werde und damit dem
Schwärzerhandwerke den Todesstoß versetzen würde.
Das erkannten sehr wohl die Schmuggler des Bergdörfleins.
Sie mussten sich nach einem anderen lohnenden
Verdienste umsehen. Kein Wunder, dass da der fesselnde
Bericht ihres ehemaligen Kameraden bei vielen die Sehnsucht nach den Freien Staaten vergrößerte. Dort drüben
konnte man sich ungestört betätigen als Farmer, Jäger,
Händler oder Geschäftsmann, leichter zu Reichtum ge-
langen und ein sorgenfreies Leben führen. Die Sucht,
rasch reich zu werden, griff in erschreckendem Maße um
sich, verbreitete sich wie ansteckendes Fieber von Haus

zu Haus und in den Nachbardörfern. Das Amerikafieber machte sich im gesamten Spessartwinkelgebiet lawinen artig breit. Überall nahm man Fühlung mit den Agenten, die Schiffskarten und die benötigten Auswanderungspapiere besorgten. Richard, der jüngere Bruder Johann Adams, hatte als erster seine Papiere in Ordnung. Auch hierüber gibt das Protokollbuch des Bergdörfleins Auskunft. Aber weit vorsichtiger waren die Alten geworden. Dem Pflegschaftsrate musste er bereits 250 fl hinterlegen, für den Fall, dass er verarmt zurückkehre und um dann nicht der Gemeinde zur Last falle.

Die Zukunftspläne wurden in allen Häusern lebhaft besprochen.
Burschen und Mädels fanden sich bald hier,
bald dort zusammen, um Für und Wider abzuwägen. Alle Bedenken und Einwände der Alten fanden bei der abenteuerlichen
Jugend keinen Anklang. Das junge Volk ließ
sich nicht irre machen.

Wieder war die Dorfjugend zu ihrem sonntäglichen Spiel und Tanz am Steinbruch versammelt. Richard war diesmal der Held des Tages. In seiner hinreißenden Art begann er zu erzählen: „Meine Papiere für die Auswanderung nach Amerika sind nun in Ordnung!"

Ein glückseliges Lächeln strahlte allen entgegen. Vorsichtig zog er aus seiner Rocktasche ein zusammengeschnürtes Päckchen Papier hervor.

„Hier", rief er freudestrahlend, „hier könnt ihr alles sehen, was man zur Auswanderung benötigt. Reisepass,

Schiffskarte, Auswanderungsgenehmigung, Führungszeugnis undsoweiter. Und hier ist die Schweinsblase, die das Geld enthält, das man drüben fürs Erste braucht."

Dicht gedrängt umstanden die Burschen und Mädchen Richard, um eingehend alle Papier zu überfliegen. Manch neidischer Blick traf den Kameraden, der nun so nahe vor seinem Ziele stand. Ein Fragen hob an. Klar und einwandfrei konnte Richard auf alles Auskunft geben.

„Ich warte nur noch auf die Nachricht, wann mein Schiff in Bremen abfährt, dann werde ich zu meinem Bruder ziehen und mir dort eine Nachbarfarm erwerben. Was soll ich noch länger hier verweilen? Das Salzschwärzen ist doch ein für alle Mal vorbei. Arm sind in unserm Spessartgebiete die Zeiten und keine Gelegenheit bietet sich, etwas zu verdienen. Jeder Tag, den ich hier verbleibe, geht mir verloren. Drum gehe ich lieber heute als morgen nach Amerika. Als Fremder komme ich ja drüben nicht mehr an und die Freude des Wiedersehens mit meinem Bruder ist gewiss auf beiden Seiten sehr groß. Für seinen Erstgeborenen übernehme ich dann die Patenstelle. Kinder, wird das fein!"

Bernadesse Heinrich rief rasch erregt dazwischen: „Auch ich werde so rasch wie möglich meine Papiere in Ordnung bringen und dir folgen. Vielleicht verzögert sich auch das Auslaufen deines Schiffes, so dass wir zusammen reisen können. Das wäre doch herrlich! Zwar bin ich gelernter Wagner und Böttcher. Aber das ist vielleicht grade gut. Ich werde dann erst einige Jahre auf einer Farm arbeiten und nebenher mein Handwerk betreiben. Wagen, Kübel, Fässer und dergleichen werden von den Farmern immer wieder gebraucht. Milch und Butter lässt sich in Kübeln besser verschicken und welcher Bauer braucht nicht den Wagner. Holz brauche ich da drüben nicht zu kaufen, das hole ich mir in den Urwäldern. Nächtelang habe ich mich in der letzten Zeit mit diesen Plänen befasst und kann euch versichern, ich werde drüben ein reicher Mann werden. Hier verkommt man vollkommen.

Man ist und bleibt ein armer Schlucker. Meine Anzüge und Wäsche habe ich schon in Ordnung gebracht.

Die sind gründlich gereinigt worden. Nicht ein Stäubchen deutschen Dreckes nehme ich mit hinüber. Als schmucker Bursch will ich in den Freien Staaten ankommen. Ich wünschte nur, Richard, wir könnten zusammen fahren. Werde euch dann Wagen und dergleichen liefern!"

„Nimmst mich mit?", rief Schusters Gustel. „Oder bin ich dir net recht? Auch mich hat das ‚Amerikafieber' erfasst.

Ohne Weibsleut werdet ihr Mannskerl da drüben doch net fertig. Da verkommt ihr bald. Und ne fremde Frau ist doch nichts für euch. Die hat ne ganz andere Sprach. Da versteht ihr euch gar net. Das sollt was Schönes geben! Da müsst ihr euch schon Frauen aus der Heimat mitnehmen. Dann wird's gut. Verstehst? Wie denkst du darüber? Bist einverstanden?"

„Aber freili, Gustel, brauchst auch noch zu fragen. Auf die Antwort hab i schon gar lange gewartet. Warst mir schon alleweil im Bergdörflein immer recht und i wüsst net, wen ich lieber mitnehme sollt. Da schaut's nur alle her, alle sollt ihr's hören. Nur dich und keine andere nehm i mit nach Amerika."

Lachend schloss er die pralle Gustel in seine Arme, presste sie an seine Brust und drückte ihr einen herzlichen Kuss auf die Lippen.

„Nun hab ich doch die beste Reisegefährtin und bin aufrichtig stolz, dass du dich so kurz entschlossen hast. Wirst drüben bessere Tage erleben als in unserem armen Bergdörflein. Bring' nur bald deine Papiere in Ordnung. Ich bin dir schon behilflich."

Zärtlich tätschelte er ihre fleischigen Schultern. Ihre Augen trafen sich mit einem Blicke, der allen Anwesenden besagte, dass hier zwei Menschen für immer den Lebensbund geschlossen hatten und gewillt waren, fern der alten Heimat ein arbeitsreiches, aber inhaltsvolles Leben zu führen und durch Fleiß und zähen Willen ihr Lebensglück aufzubauen.

Seppl und Sef standen Hand in Hand neben den Glückstrunkenen. Wie gerne hätten sie ihre Stelle eingenommen!
Was mochte grade in diesem Augenblicke in ihrem Innern vorgehen? Zitternd wölbte sich Sefs Busen, senkte sich langsam, leise Seufzer von sich gebend. Tränen netzten ihre Augen. Warum musste ihr ihr Vater das Lebensglück missgönnen. Die Umstehenden beobachteten mitleidig die Berglenetochter, fühlten ganz in Liebe und Schmerz mit ihr.

„Seppl", klang es schluchzend von Sefs Lippen, „Seppel, ich wünschte, wir wären auch erst so weit. Ich kann dies Leben nicht mehr länger ertragen. Ich will frei sein, frei von dem seelischen Drucke, von dem Zwange, den mir mein Vater herzlos auferlegt, ich möchte in den Freien Staaten als glückliche Frau an deiner Seite leben. Gerne verzichte ich auf unsern schönen Hof, trenne mich von meinem geliebten Dörflein, unseren anziehenden Bergen und Tälern, den herrlichen Buchen-und Eichen-wäldern.

All die Schönheit der Heimat will ich preisgeben, Arbeit, Entbehrung und Fremde dafür eintauschen, wenn ich nur von meinen Seelenqualen erlöst werde. So gehe ich noch zugrunde. Nur du allein kannst mir das wahre Glück bie-ten und mich frei machen!"

Verlegen senkte sie ihren Lockenkopf, trocknete mit dem Taschentuche den Tränenstrom, der ununterbrochen die Wangen herunterrollte.

„Mei liebes Mädel, gib dich zufrieden. Hab noch etwas Geduld! Ich wird' dich schon frei von allem Leid machen und 's Glück bringen. Schau, schon geht's der Roggen-ernte
entgegen. 'S ist net mehr weit zum neuen Jahr. Und wenn's alte zu Ende geht, wollen wir auch drüben sein in Amerika."

„Das wird aber dann ein frohes Wiedersehen geben beim Johann Adam", riefen Richard, Heinrich und Gus tel. „Wird der große Augen machen! Schneller als er geahnt hat, wird seine Siedlung zu einem Dörflein her-anwachsen.
Und fest werden wir uns drüben in der Union zusammenschließen, treu zusammenhalten wie hier im Bergdörflein, uns tatkräftig unterstützen. Einer wird für

den anderen einspringen und wir werden dem Namen unserer neuen Siedlung alle Ehre machen. Bauern sind wir nun einmal von echtem Schrot und Korn, werden unsere Kräfte in ungeahnter Weise entfalten und dem fruchtbaren Boden Erträge abringen, dass die Nachbarsiedler staunen sollen. Wo heute noch endlose Weideflächen und Waldgebiete sind, sollen in einigen Jahren fruchtbare Wiesen und blühende, ertragreiche Äcker Zeugnis ablegen von unserem Fleiße. Üppige Weizenfelder werden ihre goldenen, vollen Ähren im Winde wiegen und große, mastige Viehherden die saftigen Wiesen abgrasen. Wir selbst aber werden zu Wohlstand und Reichtum gelangen. Und unsere Kinder sollen sich einst da drüben ebenso wohl fühlen wie wir in unserer Jugendzeit in unserem Bergdörflein. Zufrieden werden wir dann an unsrem Lebensabend unser Lebenswerk überblicken. Stolz werden wir auf das zurückschauen, was wir durch unserer Hände Arbeit, durch Fleiß und Willenskraft unseren

Nachkommen aufgebaut haben. Die alte Heimat wird aber dann mit ebensolchem Stolze den Namen ihres Patendorfes

in den Freien Staaten nennen. Nicht als Taugenichtse werden unsere Namen in die Geschichte des Bergdörfleins eingehen, sondern als rechtschaffene, strebsame Bürger, die zwar als angebliche Abenteurer das Bergdörflein verließen, aber als tüchtige Farmer in den Freien Staaten geachtet und begehrt sind. Als Kulturpioniere

wird man uns feiern und unsere Verwandten und deren Kinder werden sich gerne unser erinnern und mit berechtigtem Stolze unsere Namen nennen. Wir aber wollen die Brücke zur alten Heimat nie abreißen lassen,

141

unser Bergdörflein, unser deutsches Wesen, unsere Heimatsprache, Sitten und Gebräuche der alten Heimat niemals vergessen. Auch in unserer Siedlungschronik soll das Bergdörflein den Ehrenplatz einnehmen. Unsere Kinder sollen sich drüben gerne ihrer deutschen Vorfahren erinnern und mit Achtung von ihnen reden. So, wie wir hier fest und treu zusammenstanden soll es auch drüben sein. Dann können wir einst beruhigt unsere Augen schließen."

„So soll es sein", rief der lange Max. „Auch wir Zurückbleibenden werden euch niemals vergessen und brieflich mit euch in Verbindung bleiben. Und wir alle hoffen, dass eines Tages doch der eine oder andere unserem lieben Bergdörflein einen Besuch abstattet. Und dann werden wir noch einmal alle unsere Jugendstreiche auftischen und als alte Männer wieder jung sein."

Die Stunden verflogen, man musste aufbrechen, da es bereits Zeit zum Füttern war. Singend zog die Dorfjugend ins Dörflein ein.

Die Roggenernte hatte begonnen. Glühend heiß brannte die Augustsonne vom wolkenlosen Himmel. Schon in aller Frühe eilten Schnitter und Schnitterinnen hemdärmelig,
mit aufgekrempelten Ärmeln auf die Kornäcker.
Rauschend sausten die Sensen in die goldgelben, wogenden
Halme, die ihre vollen Ährenköpfe senkten, und
schoben sie mit dem Raaf zusammengegen die
noch stehenden Halme. Frauen und Mädels folgten flink
den Mähern, um die abgemähten Fruchthalme mit der
Sichel zu klecken. Geschäftig legten sie Fruchtbündel um

Fruchtbündel zu Garben zusammen. Emsiges Treiben war auf allen Feldern der Bergflur zu beobachten. Weithin leuchteten im Sonnenschein die hellen Kopftücher und blendend weißen Leinenhemden der Kleckerinnen. Schweiß rollte in Strömen die sonnverbrannten Wangen herunter. Aber trotz schwerer Arbeit sah man überall nur frohe Gesichter, Lachen und Scherzen tönte dem Fremden entgegen. Freude herrschte über die reichlich ausgefallene Broternte. Bald streckten auf den Kornäckern die ersten Kornhaufen ihre Köpfe pyramidenförmig zum Himmel empor. Garbe um Garbe reihte sich kegelartig um den König, der zum Schutze gegen Regen eine Garbe als Haube aufgesetzt bekam. Die Luft flimmerte vor lauter Hitze. Immer wieder eilten Schnitter und Schnitterinnen zu der mit frischen Bornwasser gefüllten hölzernen Leppe, die innen mit Pech bestrichen war und im Schatten eines Kornhaufens aufbewahrt wurde, um ihren brennenden Durst zu löschen. In langen Zügen schlürften sie das erquickende Dorfbrunnenwasser. Mit neuer Kraft ging es wieder an die Arbeit. Tage schwerster Arbeit verbrachten in dieser Zeit die Dörfler in der sengenden Sonnenglut.

Die erste Woche der Ernte ging zu Ende. Allüberall zierten die Kornäcker lange Reihen schön ausgerichteter Kornhaufen. Schon begann man mit der Einfuhr der in der glühenden Hitze gut ausgetrockneten Brotfrucht. Bis spät in die Nacht hinein rappelten die schwer beladenen Leiterwagen schwankend über die holperigen Feldwege und Dorfstraßen. Peitschenknallend lenkten die Jungbauern die Gefährte, froh gelaunt sah der Hofbesitzer Wagen um Wagen in die Scheune rollen, singend und scherzend folgten die Mädchen, deren Kopftuchzipfel lustig in dem leichten, über den Berg hinstreichenden Wind flatterten.

Am letzten Tage der Woche setzte ein wahrer Wetteifer im Einfahren ein. Einer wollte den anderen übertrumpften, jeder wollte das meiste Korn einfahren. Das hatte aber seinen Grund. Das Wetter hatte einen Stich. Es schien umschlagen zu wollen. Alle Anzeichen hierfür waren vorhanden. Kräftiger wehte der Wind von Südwesten, vom Born. Und die alten Bergler verstanden sich auf Wind und Wetter wie erfahrene Seebären. Mit der Natur verwachsen, hatte ihnen die jahrelange Erfahrung manche Winke gegeben, die sie nie täuschten. Seine eignen örtlichen Wetterregeln hatte er aus all seinen Beobachtungen entwickelt. „Kemmt der Wend vom Boin, rähnt's heut oder moin. Kemmt der Wend von Aure, wiedds net lang daure!" Und der Wind kam vom Born, aus der Richtung, in der das Dörflein Aura liegt, aus der Regenecke. Es war also heute oder morgen mit einem Witterungsumschlage zu rechnen. Regen war in Aussicht. Das deuteten auch die kleinen Cumuluswölkchen, die „Schäfchen" oder „Regenmutter" am Himmel an. Kein Wunder, dass heute am Samstag mit doppeltem Eifer gearbeitet wurde. Jammerschade wäre es gewesen, wenn das gut ausgereifte und schön getrocknete Korn längere Zeit im Regen auf Haufen hätte stehen müssen. So wurde denn auch an diesem Tage länger gearbeitet als an den anderen Wochentagen.

Als glutroter Ball war die Sonne hinter dem Vogelsberge verschwunden. Der Südwesten des Horizontes hatte einen dunklen Dunststreifen. Schon stand der Mond am Himmel, hatte aber einen Hof, der wiederum untrüglich Regen anzeigte. Bis in die dunkle Nacht rollten die Wagen ins Bergdörflein. Der letzte blieb beladen in der Scheune stehen. Nach beendeter Arbeit wuschen sich die

Dörfler im Hofe im Kübelwasser Gesicht, Arme und Brust ab, befreiten ihren Körper von dem beißenden, lästigen, salzig riechenden Schweiße.

Im matten Lampenscheine saßen die Bewohner beim Abendessen. Heute schmeckten die Schmelzkartoffeln und Dickmilch, die aus dem eiskalten Keller herbeigeholt wurde, besonders gut. Mächtig Hunger hatte es gegeben und nach der unerträglichen Hitze war die kühle Milch eine Wohltat. Nach kurzem Tischgebet erhoben sich alle und suchten ermüdet ihre Lagerstätte auf. Eine lähmende Müdigkeit saß in den Kochen der abgearbeiteten Dörfler. Man sehnte sich nach dem erquickenden, stärkenden Schlafe. Noch einmal wurde nach dem Vieh im Stalle gesehen, Stallfenster und Türen etwas geöffnet, damit die kühle Nachtluft die schwülwarme Stalluft verdränge und den hart mitgenommenen Arbeitskühen Erfrischung und Ruhe bringe. Zwitschernd saß das Rauchschwalbenpärchen neben dem Neste, das sie auf das Brettchen am Durchzugsbalken gebaut hatten. Stoßweise antworteten die Schwalbenkinder und ihr zartes Gezwitscher glich einem Wechselgebet, das sie gemeinsam als Nachtgebet zu ihrem Schöpfer empor sandten.

Auf den Höfen trat Ruhe ein. Man hatte das Nachtlager aufgesucht. Die Fenster der Schlaf-und übrigen Stuben waren geöffnet, damit auch hier die kühle Nachtluft wohltuend auf den Menschen wirke. Die vor Hitze brennenden menschlichen Körper schoben heute Nacht die schweren Deckbetten der Himmelbetten beiseite. Der Vorhang des Bettes schützte ja auch den entblößten schlafenden Menschen vor Zugluft.

In der Ferne begann es zu wetterleuchten. Hinter dem

Wegscheideküppel flammte es von Zeit zu Zeit hellblaugrün auf, lief über den ganzen Südhimmel hinweg und färbte die Wolken mattrot. Immer stärker wurde das nächtliche Leuchten, schon vernahm man in weiter Ferne ein dumpfes Rollen. Eine dunkle Wolkenwand türmte sich drohend am Nachthimmel auf, verbreitete sich über den ganzen Horizont, rückte dem Bergdörflein näher. Stärker wurde das Grollen des Donners, in schneller Aufeinanderfolge durchzuckten Blitze den nächtlichen Himmel. Ein starker Wind erhob sich und schlug knallend die geöffneten Fensterflügel zu.

Die müden Schläfer wurden aufgeschreckt. Verängstigt verließen die Frauen ihre Schlafstätten und zündeten die Lichter an. Alle Dorfbewohner, auch die Kinder kleideten sich hastig an, versammelten sich in den Bauernstuben um die zwei brennenden, geweihten Kerzen zu beiden Seiten des auf dem Tische stehenden Kruzifixes zum gemeinsamen Gebete.

„Es scheint ein schweres Gewitter zu geben. 'S kommt von der Wegscheide. Wenn es nur keinen Schaden anrichtet", konnte man immer wieder hören.

Blitzeinschläge waren in dem hochgelegenen Dörflein und den nahen Randbäumen des Waldes keine Seltenheit. Schon manches Gehöft war im Verlaufe der vergangenen Jahre durch den Blitz in Asche gelegt worden.

Wütend erhob sich der Sturm, fegte mit Gewalt durch die Dorfstraßen, Staub und Strohhalme aufwirbelnd. Hastig jagte er die tiefhängenden, schwarzen Gewitterwolken dem Dörflein zu. Es schien so, als wollten sie die Giebel der Dächer mitnehmen. Immer toller wurde das Unwetter, orkanartig umbrauste der Sturm die Gehöfte, presste sich hudernd und orgelnd durch die Zwinger zwischen Wohnhäusern und Scheunen, riss die Scheunentore auf und ließ seine zerstörende Wut an Dächern, Bäumen und Zäunen aus. Prasselnd klatschte der Regen gegen die Fensterscheiben, rauschte es in Strömen vom Himmel herunter, schossen die Regenmassen wie Sturzbäche von den Dächern. Unmöglich konnte die durstige Erde dieselben aufsaugen. Gleich Gießbächen wälzten sich die Wasserfluten die Gossen entlang, Holz, Steine und Erde polternd mit sich reißend, schossen rauschend und schäumend die steil abfallenden, bewaldeten Abhänge des Berges hinab und ergossen ich in den Klingbach, der all die schmutzig gelben Wassermengen kaum fassen konnte und jagend der Kinzig zuführte.

Hagelkörner in Taubeneistärke knallten wider die Scheiben. Furchtbar erdröhnten in der Nacht die Donnerschläge, die den schnell aufeinander herabfahrenden, grellen Blitzen folgten. Das Ende der Welt schien da zu sein. Inbrünstiger flehten die Dorfbewohner zum Himmel, erflehten bittend unter Weinen seinen Schutz. Bei jedem Donnerschlage fuhren Frauen und Kinder erschrocken zusammen, bekreuzten Stirn, Mund und Brust, besprengten sich und alle Wände der Stube mit Weihwasser.

Zuckend und knisternd fuhr ein grellweißer Blitz hernieder.
Ein mächtiger Donnerschlag folgte. Türen und
Fenster klapperten.

„Oh heiliger Gott im Himmel, hilf uns! Lass uns nicht

zugrunde gehen", riefen leichenblass die Frauen.

„Vor Blitz und Ungewitter. Bewahre uns oh barmherzi-
ger
Gott", hörte man im Chore beten.

„Das war ein harter Schlag", sagte der alte Waldhof-
bauer.
„Es hat ganz in unserer Nähe eingeschlagen!
Seppl, lass uns rasch Umschau halten!"

Eilig rannte Seppl die Treppe hinauf zum Fenster der
Oberstube. Ein jäher Schreck erfasste ihn. Hastig rannte
er die Treppe herunter, stülpte seinen alten Wetterhut auf
und jagte zur Tür hinaus und rief:

„Es brennt! Schon züngeln die roten Flammen aus dem
Dache des Berglenebauern. Ich muss mich beeilen, Vater,
bei dem Sturme wird net viel zu retten sein!"

Wie ein gehetztes Stück Wild rannte er die Straßen entlang, dem Berlenehof zu. Schaurig ertönte sein Warnruf
durch das Toben des nächtlichen Wetters.

„Feu -er! Feu -er! Es brennt! Im Berglenehof hat's
eingeschlagen!"

Keuchend arbeitete er sich durch Sturm und Wetter
zum Hofe seiner Geliebten. Sorge und Angst um seine
Sef beflügelten seinen Lauf. Als erster Dörfler stürmte er
zur Haustür herein.

„Sef, lebst noch? Und deine Eltern auch?", waren die

Angstrufe, die er beim Betreten der Stube gepresst hervorstieß.

Entsetzt betrachten Sef und ihre Eltern die entstellten, wachsbleichen Gesichtszüge des Waldhofseppls.

„Lenebauer, deine Scheune brennt! Rasch in den Stall! Das Vieh muss raus! In Sicherheit gebracht werden! Ihr Weibsleut schafft schon Kleider, Wäsche, Bettzeug, Schuhe und Geschirr rüber in den Schuppen. Bei dem Sturm hat's Eile! Gleich wird Hilfe kommen!"

Ein jäher Schreck schoss in die Glieder der ratlos Dastehenden.
„Heiliger Gott im Himmel!", entfuhr es der Bäuerin. Kreidebleich befolgten Bäuerin und Sef die Anweisungen Seppls. Ein Dankesblick traf den Waldhofseppl.
Auf ihn konnten sie sich verlassen. Das sahen sie in diesem Augenblicke.

Seppl und der Bauer rannten in den Stall, rissen die Türen auf, banden das Vieh los und führten die verängstigten Tiere ins Freie. Schon nahten von allen Seiten die Kameraden Seppls herbei, die blitzschnell seine Anordnungen befolgten. Im Nu war der Stall geleert, die Tiere wurden auf die Nachbarn verteilt.

„Leitern bei! Wir müssen den Brandherd auf die Scheune beschränken. Trotz Sturm und Wetter müssen wir Herr des Feuers werden! Das Wohnhaus muss gerettet werden! Stellt heute euern Mann!"

Es bedurfte wirklich nicht der Aneiferung Seppls, seine

Kameraden aufzustacheln. Ein jeder wusste, wo er anzupacken hatte. Es galt, Menschen, die in Not und Gefahr waren, zu helfen. Da war alles früher Vorgefallene vergessen.

Schon wurden die schweren Feuerleitern am Giebel des Wohnhauses aufgestellt. Seppl erstieg als erster die Leiter, nahm auf dem Dachfirst seinen Platz ein und beobachtete scharf die überspringenden Funken und sich niederlassenden brennenden Strohflieder, die unter den Ziegeln des Scheunendaches gelegen hatten. Gefüllte Lederwassereimer glitten von Hand zu Hand und eilten geleert die lange Kette, die aus Männer, Frauen und Mädchen gebildet war, zurück zum Flachsweiher, der dank des starken Regens übervoll war und so das erste Löschwasser liefen konnte. Seppl dämpfte immer wieder die hier und da auflodernden kleinen Brandherde des Wohnhauses ein. Burschen eilten auf den Frucht-und Kehlboden, um hier rettend einzuspringen. Wagen mit gefüllten Jauchefässern rollten von den beiden Dorfbrunnen herbei und schafften genügend Wasser zum Löschen heran. Aus der Scheunentenne wurden Wagen und Geschirr in Sicherheit gebracht.

Lichterloh brannte die mit Heu und Roggen gefüllte Scheune. Hier war nichts mehr zu retten. Der Sturm hatte nachgelassen, der Regen ebbte langsam ab. Seppl lief durchnässt mit dem Wassereimer den Dachfirst entlang und erstickte jeden aufglimmenden Brandherd im Keime. Im Scheine der Flammen und am blutroten Himmel trat seine markante Figur riesenhaft hervor. Er achtete nicht die Gefahren, die ihn umgaben. Nur ein Gedanke trieb ihn zu den unglaublichsten Leistungen an. Das Wohnhaus des Berglenebauern musste um jeden Preis gerettet

werden. Aber auch alle anderen Dörfler, Männer wie
Frauen, Burschen und Mädel, taten, was in ihren Kräften
stand.

Krachend sausten die brennenden Sparren und Eichen-
balken auf die rot glühenden, glimmenden Heu-und
Strohstöße. Ein leuchtender, sprühender Funkenregen
wirbelte hoch. Vorsicht war in diesem Augenblicke er-
neut am Platze. Mit den Feuerhaken wurden die kohlenden Balken zusammengerissen, der Feuerherd immer
mehr eingedämmt und das Überspringen der Flammen
auf das Wohnhaus beseitigt.

„Wasser auf das glimmende Heu und Stroh!", erscholl
es vom Dachfirste herunter.

Mächtige Rauchschwaden wälzten sich aus dem zischen-
den Trümmerhaufen der Scheune empor. Knistern
und Knacken des schwelenden Heues und der kohlenden
Balken drang an das Ohr der helfenden Menschen. Die
größte Gefahr war überwunden, das Wohnhaus den ver-
nichtenden Flammen entrissen.

Brandwachen wurden aufgestellt und Ersatzmannschaf-
ten hielten sich im Berglenehof bereit. Freiwillig stellten
sich alle Burschen zur Verfügung. Alle übrigen Dörfler
konnten nun in ihre Häuser zurückkehren und sich für
den Kirchgang rüsten, denn es war schon zeitiger Sonntag.

Allen Heimgehenden drückte der Berglenebauer danker-
füllt die Hand und seine Lippen stießen ein kerniges
„Vergelt's Gott!" hervor.

Seppl wurde endlich vom langen Max am Dachfirste abgelöst. Durchnässt, schweißtriefend und rauchgeschwärzt stieg er die Leiter herab, trat zu der Gruppe der Kameraden, die um den Bauern, die Bäuerin und Sef standen.

Der Bauer streckte ihm seine schwielige Rechte entgegen, drückte Seppls Hand besonders herzlich, zog ihn zu sich in den Kreis, legte die Linke um Seppls Hals und sprach in tief feierlichem Ernste:
„Waldhofseppl, das werde ich dir mein Lebtag net vergessen!
Du hast dich heut als Held gezeigt, du hast wie ein Löwe gegen die Flammen gekämpft und meinen schönen Hof gerettet. Waldhofseppl, ich habe dir gegrollt, ich habe dich aber heute von Herzen lieb gewonnen.
Verzeih' mir all die Lieblosigkeit der vergangenen Jahre. Heute hast du dir meinen Hof erobert. Ich kann mir keinen besseren Schwiegersohn wünschen als dich. Sef wird an deiner Seite ein glückliches Leben führen."

Minutenlang blickten sich die beiden Männer unverwandt in die Augen. Das Eis in des Bauern Herzen war durch die rettende Tat Seppls geschmolzen. Glücksstrahlend lächelte Sef ihrem Geliebten zu und die Bäuerin dankte Seppl mit gütigem Lächeln.

Der Bauer aber ergriff die Rechte seiner Tochter und legte sie in Seppls feste Arbeitshand und dankbaren Blickes sagte er zu beiden:

„Zeitlebens sollt ihr meine lieben Kinder sein. Gerne will ich Freud und Leid mit euch teilen."

Feierlich erhob er die Rechte, machte das Zeichen des Kreuzes und sprach weiter:

„Der Herr spende reichen Segen euch, eurer Familie und dem Berglenehofe. Ich wünsch' und hoffe, dass ihr nun bald als junges Paar in meinen Hof einziehen werdet. Ich weiß, er ist in den besten Händen. Ich kann mich getrost auf den Auszug zurückziehen."

Auch die Bäuerin schloss sich mit innigen Dankesworten an.

„Gottes reichsten Segen erflehe ich auf euch, meine lieben Kinder, und euern Besitz herab. Möge das alte Bauerngeschlecht, das nun über 200 Jahre hier ansässig ist, noch viele Jahrhunderte den Hof verwalten zum Besten
der Kinder und des Bergdörfleins. Das walte Gott!"

„Endlich Seppl", rief Sef glückstrunken, „endlich sind alle Hindernisse beseitigt. Zum ersten Male darf ich dich als meinen lieben Bräutigam in unser Haus führen!"

Hastig flogen ihre Arme um Seppls Hals und heiß brannte ein inniger Kuss auf des Verlobten geschwärzte Wangen.

In Freude und Rührung erwiderte Seppl:

„Meine lieben Schwiegereltern! Als euern Sohn nehmt ihr mich heute in euer Haus auf und erteilet uns beiden reichsten Segen. Zeitlebens werdet ihr dankbare Kinder haben! Nie sollt ihr euch über uns beklagen dürfen. Das verspreche ich euch im Beisein aller meiner Kameraden. Von Herzen danke ich euch. Was ich heute tat, war meine Pflicht.“

Alle Umstehenden drückten in freudiger Überraschung dem unter so seltsamen Umständen verlobten glücklichen Paare die Hand und wünschten von Herzen alles Gute für die Zukunft.

Die Bäuerin aber lud alle abkömmlichen Burschen zum gemeinsamen Frühstücke ein. Um den großen, schweren Eichentisch hatten sich trotz des erlebten traurigen Ereignisses frohe Menschen niedergelassen. Dankbarkeit und Freude paarten sich in dieser seltsamen Feierstunde in gleichem Maße. Man sprach dem saftigen Schinken und würzigen Schwartemagen tüchtig zu, der gute Zwetschenbranntwein und frisch angestochene Äbbelwoi sorgten für beste Stimmung. Unglück und Glück reichten sich wie so oft im menschlichen Leben die Hand, ja das furchtbare Unglück war die Geburtsstunde eines neuen, besseren Glückes.

Regenschauer, die Nachzügler des Gewitters, fesselten an diesem Sonntage die Dörfler in ihre Häuser. Dichte, milchige Nebelschwaden wälzten sich vom Joßgrunde kommend über die Merneser Höhe, den Heiligen, fielen wuchtig in das enge Klingbachtälchen und schoben sich hastig zum Kinzigtale hin.

Den ganzen Sonntag über und auch die folgende Nacht mussten die Burschen auf Brandwache bleiben. Im Hofe war viel aufzuräumen. Erst am anderen Tage kam das Vieh wieder in den Stall des Berglebauern.

Trotz schlechten Wetters stellte sich doch reichlich Besuch im Hofe ein. Die Dorfmädels wollten sich nun in aller Ruhe den angerichteten Schaden am Berglenehofe anschauen. Auch hatten sie bereits im Dörflein erfahren, dass der Bauer Sef mit Seppl verlobt hatte. Da wollten sie doch den beiden Überglücklichen ihre Glückwünsche aussprechen. Der Bäuerin und Sef halfen sie tüchtig beim Einräumen. Gegen Abend waren die Stuben des Berglenehofes wieder in Ordnung.

Nach dem gemeinsamen Abendessen stellte sich auch der Winkelwirt mit einer Flasche besten Zwetschenwasser ein. Herzhaft drückte er dem Bauer und seiner Frau die Hand:

„Ja, Hannes, bei all dem Unglück, das dich schwer getroffen hat, hast du doch auch recht großes Glück gehabt. Leicht hätte es bei dem fürchterlichen Unwetter anders ausgehen können. Niemand von uns hatte geglaubt, dass dein Hof zu retten war. Unsere Burschen haben sich tüchtig angestrengt, haben gearbeitet wie wahnsinnig. Auf die können wir wirklich stolz sein. Wie besessen sprang der Seppl auf dem Dachfirste entlang, erstickte jeden neu aufglimmenden Brand im Keime. Der fürcht' sich net vor Tod und Teufel. Dem verdankst heut deinen Hof. Und gefreut hab' i mi, als i gehört hab', dass du heute deine Sef dem Seppl verlobt hast. Schau, Hannes, i hab' immer meiner Lene gesagt, dass du dir keinen tüchtigeren Schwiegersohn wünschen kannst. Endlich hast 's auch eingesehn. Und drum bin i rasch herlaufen, euch Alten wie den Jungen zu gratuliern. Auch die Glückwünsche meiner Lene soll ich euch überbringen. Hannes, du

kannst wirklich ohne Sorgen sein. So, und weil ihr Burschen schier Unglaubliches geleistet habt, hab ich euch
diese Flasche mitbracht. Schon Jahre lang wird sie im
Keller aufbewahrt. Lasst euch den Tropfen gut schmecken.
Nächsten Sonntag gibt's a Fasserl Freibier. Und nu
muss i heim. Gut Nacht miteinand!"

Kaum hatte der Winkelwirt den Hof verlassen als auch
schon die Haushälterin des Bergpfarrers mit ihrer großen
Gnadentasche in der Türöffnung erschien, um sich zu
überzeugen, ob all das Gehörte, das ihr zugetragen worden war, auf Wahrheit beruhe. Mit ihren großen weißen
Augen überflog sie rasch alle Anwesenden und schritt
mit Amtsmiene auf den Bauern und seine Frau zu.

„Berglenebauer, ich muss aach erscht mol noch euch
gucke. Ihr tut mer jo so vo Herze leid. Wos hot der Herr
gebett, dass euch wenigstens es Wohnhaus erhalte blieb.
Ihr habt Schade genug, es ganz Heu un ihr sonst lebe.
Wenn jeder Ebbes gibt, is euch aach geholfe, gelle?
Ich ho geglaubt, es ganz Anwese wär verlore. Von meinem Fenster aus konnt ich grod es Feuer beobachte. War
dos schrecklich. Es is noch e Gleck, dass nur die Scheuer
verlore is. Der Herrgott war euch noch got, gell Margret.
Wenn's aach noch so schwer is, muss mer sich doch nei
schicke. Der Herrgott schickts Kreuz net schwerer als
mer 's getrag konn. 'S ist wenigstens kei Menschenleben
zu beklage. Der Blitz hätt euch jo minanner totschlage
könne. Ach Gott, mer derfs gar net ausdenke."

Bei jedem Worte nickte sie gewichtig mit dem Kopfe
den Takt zu ihrem Klagelied, Tränen flossen und
schmerzliches Schluchzen bezeugte die innere Teilnahme

an dem Unglück, das den Bauer betroffen hatte.

„Gott, was hat mer net all scho erlebt in dem kleine Dörfche. Und immer neues Leid kemmt derzu, on doch derf mer den Kopp net hänge lasse. Der Herrgott wird scho wieder helfe. Der lässt uns net unnergehe. Nur net verzagt, es komme aach wieder bessere Tage, Hannes. Hast jo noch gesunde Knoche, e dichtig Fraa un de Sef wird doch aach bald en Mann beibringe. Do wird scho alles wieder gut werde, gell."

„Recht habt ihr schon, Fräulein, hart hat mich 's getroffen, das is wahr. Und ich dank Ihne auch recht herzlich für die Teilnahme am Unglück. Aber mit Gottes Hilfe wird schon alles wieder gut werden. Wo die Not am größten ist, ist Gottes Hilfe am nächsten. Das heb ich heute wieder so richtig einsehen müssen. Mein Wohnhaus ist gerettet, das ist die Hauptsache. Und das verdanke ich grade dem Burschen, den ich gar net leiden konnte, dem Waldhofseppl. Wir wussten ja gar net, dass es bei uns brannte, als erster überbrachte Seppl uns die Unglücksbotschaft.
Und wie hat er sich beim Löschen für meinen Hof eingesetzt. Wenn der net war, wär' alles abgebrannt. Das können Sie glauben, nie werde ich das vergessen und solange ich lebe, werde ich ihm das danken.
Und heute haben sich Sef und Seppl verlobt und ich bin von Herzen stolz auf meinen Schwiegersohn."

Der Tränenstrom im Gesichte der Haushälterin versiegte, die Gesichtszüge klärten sich auf und helles Lachen machte den schmerzverzerrten Zügen Platz.

„Do muss ich euch äwer erscht vo Herze gratuliere, Hannes on Margret. Ich honn jo immer em Herr gesagt, dass die zwei doch zusamme komme. Gibt ja aach kei schener Paar auf Gottes weite Welt, wos wird sich der Herr über die Neuigkeit freue. Un en dichtigere Schwiegersohn könnt ihr gar net kriege, Hannes on Margret. Do wünsch ich äwer alles Gute!"

Dabei reichte sie Sef und Seppl die Hand.

„Do seht ihr jo nu selbst, wie der Herrgott alles lenkt. Es schwerst Ungleck brengt oft es größt Gleck. Ich freu mich äwer wirklich mit euch allen. Do wird 's jo nu bald en gute Tag bei euch gebe, gelle."

Eine kurze Pause war entstanden.

„Ihr Kenn, etz muss ich äwer heimgeh. Der ahl, krank Herr is so ganz allein. Dos konn ich net verantworte. Macht's gut miteinander und Gute Nacht!"

„He, Fräulein, trinke se erst mol mit uns. ,s ist vom beste, den der Wirt hat. Liegt schon jahrelang in seinem Keller. Hat 'n uns zur Verlobung gebracht. Prosit!"

Seppl reichte der Haushälterin das gefüllte Kännchen. Lachend hielt sie es in ihrer Hand, nickte den Burschen zu und sagte:

„Seppl, dos is zu viel. Do komm ich net heim. Do turkel ich in 'n Grobe. 'S ist dunkel drauß."

„Macht nichts, Fräulein", rief der lange Max, „wenn 's do dro fehlt, bring ich Sie heim. Der Herr wird jo nichts gege haben. Braucht em aach net alles zu sagen.‟

Lachen schallte ihr entgegen. Mit einem kräftigen Zuge
verschwand der Inhalt des Gläschens in dem gegen Al-
kohol
geeichten Munde der Haushälterin. Zu gerne trank
sie zu Hause ihren Kurzen.

„Nun muss ich aber wirklich fort. Macht 's gut und
schlaft schön. Werdet müde genug sein!‟

Hastig verließ sie die Stube, um auf dem schnellsten
Wege zu ihrem Herrn zu kommen, ihm das Neueste aus
dem Dorfe anzutragen.

Kaum waren die Aufräumungsarbeiten auf dem
Berglenehofe beendet, als auch schon mit dem Wieder-
aufbaue der niedergebrannten Gebäude begonnen wurde.
Fleißige Hände regten sich von morgens früh bis in die
späte Nacht. Seppl und seine Kameraden stellten sich in
aufopferungsvoller Nächstenliebe zur Verfügung. Freiwillig und unentgeldlich griffen sie tüchtig zu, um bald
das Gehöft des Berglenebauern unter Dach zu bringen.
Rüstig schritten die Bauarbeiten voran. Größer und schöner erstanden Scheune und Wirtschaftsgebäude. Aber
auch die übrigen Bergbauern leisteten gerne und bereit-
willig ihrem geschädigten Mitbürger Hand-und Spann-
dienste.
Mächtige Findlingsandsteine wurden in 146???
gespalten und zu Bausteinen behauen, Sand vom Struth-
wege herbei gefahren und Lehm im Buchwalde und
Grönnje gegraben. Am Ziegelplatze aber herrschte reges
Leben. Hier in der Ziegelhütte wurden aus Ton und Lehm

die benötigten Falzziegeln für die Bedachung der Gebäulichkeiten gebrannt. Im Buchwalde wiederum war der lange May mit seinen Holzern zugange, das Bauholz zu schlagen. Eichen sanken unter den wuchtigen Axtschlägen, um als Gebälk Verwendung zu finden. Nach altem Recht musste der bayerische Fiskus das Bauholz gegen den Hauerlohn dem Geschädigten stellen. Täglich brachte Sef den Holzern das Frühstück in den Buchwald. Es folgte dann immer ein gemütliches Plauderstündchen. An Neckereien ließen es May und seine sehnigen Holzer nicht fehlen. Erbauend war es, in welch einmütiger Gemeinschaftsarbeit das ganze Dorf für den Berglenhofe. Mit seinem Schwiegervater wurden die Baupläne durchgesprochen. Gerne nahm Hannes die praktischen Ratschläge Seppls an.

Nach dem Abendessen stand der Bauer schon am Fenster und hielt Ausschau nach Seppl. Traf dieser einmal etwas später als gewöhnlich ein, so konnte man die Worte
hören: „Wo nur heute Abend der Sepp wieder bleibt? Wird doch net beim Winkelwirte sitzen? Ich hab' mich ganz an den Prachtburschen gewöhnt, dass ich ihn am liebsten ganz bei mir hätte."

Lächelnd zwinkerten sich dann die Bäuerin und Sef zu.

"Ja, Hannes, das hätt' keins gedacht, dass du den Seppl mal so sehnsüchtig erwarte tätst. Bist ja ganz in en verschosse.
Die Sef könnt' wirklich eifersüchtig auf dich werden. Der wird schon noch kommen. Wird halt mit seinen Kameraden für morgen die Arbeit einteilen", gab Margret zur Antwort.

160

„'s is en Stattskerl, der Seppl", Margret, das muss ich
euch eingestehen. Und gern hab' ich ihn wie mein eigen
Kind. Direkt verliebt bin ich in en Seppl. In allem weiß er
Bescheid. So Burschen find' mer selten. In bessere Hände konnt' ich mei Sef und meinen Hof net geben. Dass
ich das net früher eingesehen habe!"

„Noch ist's net zu spät, Hannes, dem einen dämmert's
halt später als dem andern. Gibt doch kei schöner Paar im
Dorf als Seppl und Sef. Und wie hast du auf den schneidigen Burschen geschimpft. Hast ihm bitter unrecht getan.
Und uns' arm Mädel hat seelisch so furchtbar leiden
müssen. Sieh, Hannes, das hätt' all net zu sein brauchen."

„Recht hast, Margret. Ich seh's nun auch selbst ein.
War halt mit Blindheit geschlagen! Aber nun ist doch
alles gut. Oder meinst net, Sef? Bist mir noch böse?"

„Vater, nie war ich dir böse. Aber auf meinen Seppl
hab' i nie was kommen lassen, weils so ein lieber, guter
Bursch ist. Der tut keinem Menschen was Unrechtes.
Und 's Salzschwärzen hat ja nun für immer aufgehört.
Geschimpft hab' i ihn genug deshalb. Aber bös sein hätt'
ich ihm net sein können, Vater. Und gelassen hätt' ich
auch nie von ihm, da kannst versichert sein!"

„Glaub's scho, Sef. Wer kann auch von so einem flotten
Burschen lassen oder ihm gar bös sein!"
Wieder ging er mit langen Schritten durch die Stube
zum Fenster.

„Ah, jetzt kommt er en Bornsküppel runter. Wird wohl

beim langen Max gewesen sein. Morgen werden sie mit dem Hauen unseres Bauholzes fertig. Dann müssen die Zimmersleut' Bescheid bekommen. Sollen 's gleich in 113* hauen!"

Da ging auch schon die Tür auf und lachend grüßend trat Seppl ein, freundlich beschnuppert von Moppi.

„Hat halt ein bisserl länger gedauert heut. Musst erst mit Max die Arbeit für'n morgigen Tag durchsprechen. Hast schon lang auf mich gewart't, Vater? – Na, Mutter, was schaffst denn Schönes? Und mei Mädel, bist gar fleißig!"

.

* Distrikt im Wald = 113
Einen innigen Blick warf Sef ihrem Seppl zu und lud ihn herzlich ein, neben ihr auf der Bank Platz zu nehmen.

„Vater, wenn alles gut geht, kann in vier Wochen der Bau fertig dastehen. Rüstig schreiten die Arbeiten am Ziegelsplatze voran. In acht Tagen sind die Ziegelbrenner mit dem Brande fertig. Wenn uns dann die Zimmerleut' nicht in Stich setzen, kann der Bau gerichtet und gedeckt werden. Dann kann schon mit dem Einfahren von Heu und Frucht begonnen werden. Zeit wirds langsam und das Dreschen des Getreides nimmt im nächsten Monat seinen Anfang. Auch der Flachs bringt neue Arbeit. Da brauchen wir die Scheune. Aber, wir werdens meistern", sagte Seppl.

„Schon recht Seppl", sagte der Bauer. „Wir sind halt durch das Unglück weit zurückgeworfen worden. Aber mit Gottes Hilfe wirds schon werden. Und nun möchte ich mal was anderes mit euch besprechen, Seppl und Sef.

Ich denk' doch, dass in diesem Jahr' noch euere Hochzeit ist. Schaut und da gibts für die Hochzeit noch viel vorzurichten!"

Aufmerksam hatte Sef den Worten ihres Vaters gelauscht. Eine Blutwelle schoss durch ihren Kopf und gab ihrem Antlitze ein frisches, gesundes Aussehen. Sehnsüchtig schaute sie zu Seppl hin.

„Ja, Vater, wenn 's dir recht ist, würd' ich schon vor Weihnachten mei liebs Mädel zum Traualtar führen. Bis dahin wären wir mit unsern Arbeiten im Feld und Haus fertig und könnten uns dann einen recht gemütlichen Winter machen!"

„Abgemacht Seppl. Je früher, desto lieber ist 's mir. Doch weiß ich net, ob Mutter und Sef mit ihren Vorbereitungen so weit sind."

"Hannes, das lass meine Sorge sein", gab lächelnd Margret zur Antwort. „Ei schlecht Brautmutter, die net schon beizeiten für die Aussteuer sorgt. Schau dir nun mal Sefs Truhe an. Da ist an Weißzeug, Bett-und Leibwäsch mehr aufgestapelt, als du ahnst. Oder meinst, sie sollt zu kurz kommen? Ich freu' mich doch so sehr, dass die Hochzeit recht bald sein kann. Und ei groß' Hochzeit soll 's geben, das kann ich dir sagen, Hannes. So ist schon lang kei mehr gewesen im Dorf."

Sef war überglücklich über die Worte, die sie aus dem Munde ihrer Eltern vernommen hatte.

„Und gute Kinder sollt ihr haben und immer gut soll 's euch gehen. Das versichere ich euch heute Abend, Vater und Mutter", sagte Sef.

„No ja, Sef, das brauchst mir gar net zu versichern, das weiß ich schon von selbst", entgegnete die Mutter.

Dabei schnurrten die beiden Spinnräder, und Spule um Spule füllte sich mit feinen seidenähnlichen Fäden.

Es ging auf die elfte Stunde zu und Seppl mahnte zum Aufbruch. Der neue Tag brachte wieder schwere Arbeit, da mussten die Knochen ausgeruht sein. Er nahm seinen Hut vom Kleiderhaken, drückte heute Abend besonders herzlich und mannhaft dem Bauern und seiner zufrieden nickenden Frau die Hand, bot Gute Nacht und verließ die Stube, gefolgt von seiner geliebten Sef.

An der Haustür hielten beide erst noch ihr abendliches Viertelstündchen.

„Seppl", schluchzte Sef vor Freude, „was bin ich froh, dass Vater und Mutter über unsere baldige Hochzeit sich einig sind. Seppl, überglücklich bin ich. Bald bin ich dann ganz bei dir. Ich kann 's manchmal gar net glauben. Vater ist dir so von Herzen zugetan."

Ihr Lockenköpfchen lehnte an der Brust ihres heißgeliebten Seppls, ihre Arme schlangen sich um seinen Hals und liebesdurstig schaute sie ihren Bräutigam an.

Seppl neigte seinen Kopf hernieder und küsste Sef innig auf ihre zarten Lippen. Lange schaute er in ihre lachenden Augen, presste sie fester an sich und sprach: „Sieh, liebes Spatzerl, auch ich freu' mich so von Herzen dass wir bald für immer beieinander sein können. Gut sollst 's haben und die Eltern. Weihnachten feiern wir miteinander im Berglenehof. Und 's Christkindl soll dir was ganz Feines bringen, mei lieb's Kind. Freuen wirst dich und Vater und Mutter auch!"

Wieder küsste er Sef, die willenslos an seinem Halse hing und Tränen des Glückes vergoss.

„So mei liebes Kind, nun musst schlafen gehen. Erkältest dich gar noch in der Zugluft. Schlaf wohl! Bis morgen Abend!"

Langsam schritt er dem Waldhofe zu, leise vor sich hin ein Liedchen trillernd.

Sef schob den Riegel knarrend vor und eilte behende die Treppe hinauf in ihre Oberstube. Ein gesunder Schlaf überfiel sie bald und im Traume feierte sie schon das kommende Weihnachtsfest.

Nach althergebrachter Sitte war im Berglenehofe das Richtfest gefeiert worden. Noch ragte an der Giebelfirstseite das bunt geschmückte Richtbäumchen hoch empor und bekundete allen Bergbewohnern, dass die niedergebrannten Gebäude wieder neu erstanden waren. Mit schön gedeckten Dächern und mit Wettbrettern beschlagenen Giebel-und Seitenwänden standen sie schöner und größer als zuvor da.

Tag für Tag rollten voll beladene Leiterwagen in die neuen Scheunen. Alle Bergbauern zeigten ihre aufrichtige, helfende Nächstenliebe. Jeder gab gerne an Heu und Frucht an den Berglenebauern ab, was er entbehren konnte.

Wirkliche Opfer der Liebe brachten sie für ihren durch Unglück beschädigten Mitbürger. So füllten sich die Heu-und Fruchtbarren bis unter das Dach. Für Vieh und Mensch war reichlich gesorgt. Auch aus dem Joßgrunde rollten Wägen mit entbehrlichen Futter-und Getreidevorräten in den Hof. Tränen der Rührung und des Dankes glitzerten bei all der aufrichtigen Nächstenliebe und tatkräftigen Hilfe in den Augen des Bauern.

November kam ins Land gezogen. Aus allen Scheunen der Bergbauern erklang das Drei-, Vier-und Fünftakt der Drescher. Seppl, Max, Franzl, Kaspar und Bast hatten sich mit ihren Dreschflegeln im Berglenehofe eingefunden.

Eine Woche schwerer Arbeit nahm der Ausdrusch der Getreidevorräte in Anspruch. Lauter kräftige Burschen waren es, denen die Arbeit rasch von der Hand ging. Reichlich war der Körnerertrag der letzten Ernte.

Vergangene Zeiten lebten beim Dreschen wieder auf, allerlei lustige Geschichten wurden erzählt und Zukunftspläne geschmiedet.

„Für immer ist nun das Salzschwärzen vorbei", rief der lange Max in den flotten, laut schallenden Fünftakt der Drescher, die bei jedem Schlag des Flegels ihren Körper in rhythmischen Bewegungen gleichmäßig durchtrainierten.
„Gar zu sehr haben 's die Grenzer, Zöllner und Gendarmen
auf uns abgesehen. Wie Luchse passen sie auf.
Und gar noch das Aschaffenburger Grenzkommando in unserm Dörflein! Die benehmen sich ja wie die Herren. E

Schande ist's! Sind wir denn lauter Verbrecher? Es freut mich nur, dass die Soldaten immer wieder bei unseren Mädels abblitzen. Die halten doch sakrisch bei uns. Das Militär weiß net vor Wut, wie 's uns schikanieren soll. Neulich haben sie den Grabenhofbauern angezeigt, weil er mit einer brennenden Kerze in seiner Scheune hantiert hat. Als wenn das unsere Großväter net auch schon gemacht
hätten! Mit verschlossenen Öllampen müssen wir
jetzt arbeiten. Unser Vorsteher hat einen strengen Verweis
bekommen und die Regierung hat das Grenzkommando angewiesen, in den Höfen unseres Dörfleins nach
dem Rechten zu schauen, weil durch leichtsinniges Hantieren
mit brennenden Kerzen in Scheunen, Ställen und
auf den Böden leicht Brände entstehen können.
Bei Nichtbeachten haben wir harte Strafen zu erwarten.
In alles hängen sich die verärgerten Soldaten hinein.
Wenn sie nur erst wieder aus unserem Dörflein draußen wären, damit wir wieder in Ruhe leben können."

„Hast recht", gab Franzl zur Antwort. „Einmal nimmt alles ein Ende. Ewig können sie net bei uns bleiben. Eines Tages müssen sie wieder zurück zu ihrem Linienregiment in Aschaffenburg. Dort gehören sie hin, dort können sie auch mit den Stadtmädchen anbändeln. Hier haben sie doch kei Glück."

„Wenn wir nun alle fünf in diesem Winter heiraten, hätten wir auch keine Zeit mehr zum Schwärzen. Da würde dieses Geschäft von selbst einschlafen. Schön wars ja manchmal, aufreizend, und gut haben wir verdient. Aber unsere Mädchen haben doch große Angst um

uns ausstehen müssen und manche Nacht schlaflos verbracht.
Leid konnten sie einem tun!", entgegnete Max.

„Wie 's wohl unseren Freunden in den Freien Staaten gehen mag", meinte Kaspar. „Johann Adam wird schon ne recht große Farm sein eigen nennen. Der hat 'nen klugen Bauch gehabt. Und sein Bruder Gerhard ist sicher sein Nachbar. Die beiden letzten Auswanderer hatten besser anfangen als Johann Adam. Hoffentlich lassen sie recht bald wieder etwas von sich hören. Wir sind doch alle zu sehr an ihnen interessiert."

„Macht euch nur keine Sorgen um die, denen gehts gut", gab Seppl zur Antwort. „Die setzen sich drüben durch und kommen auch alle zu was. Wer hier bei uns ein strebsamer, arbeitsamer Mensch war, kann in den Freien Staaten nicht untergehen. Und vergessen tun wir sie nie. Werden schon bald wieder einen ausführlichen Bericht rüberschicken."

Ab und zu huschte Sef über den Hof, blieb einige Augenblicke am Scheunentore stehen und redete den Dreschern freundlich zu. Auch die Bäuerin war voller Freundlichkeit und hielt gern ein kleines Schwätzchen mit ihnen.

„Fleißig wart's und gut hat 's euch geräumt. Ich muss euch recht loben", ließ sie verlauten.

„Margret, für euch geh'n wir durchs Feuer! Habt immer bei uns gehalten, wenn auch der Bauer oft recht böse auf uns war", sagte Bast in seiner langsamen Sprechweise.

168

„Aber unsern Seppl hat er doch net klein kriegt."

Laut lachend ging sie zur Küche zurück.

„So, nun kommt zum Abendessen", lud Sef mit ihrer glockenreinen, hellen Stimme ein. „'s gibt euer Leibgericht.
's ist Erntedank!"

Die letzten Säcke wurden auf den Fruchtboden getragen. Frohgelaunt stand der Bauer da und freute sich ob der gut ausgefallenen Körnerernte.

Lachen und Scherzen ertönte aus der Scheune des Berglenebauern. Sef war mit ihren Freundinnen beim Raffeln des Flachses. Zu beiden Seiten des Raffelbaumes, der in zweieinhalb Fuß Höhe quer durch das Scheunentenn gelegt war, standen sie scherzend und zogen Hambel um Hambel Flachs durch die langen Zinken der eisernen Zinken.

„Smm m, ssmm m, ssmm m m m", summten Raffelbaum und Zinken. Flugs glitten unter den flinken Händen der Jungbäuerinnen die Flachsstängel durch die Kämme, ununterbrochen rollten die goldgelben Fruchtkapseln, die Knotten, auf den Boden der Tenne, häuften sich unter dem Raffelbaume zu rasch wachsenden Hügeln an. Alle gaben sie ihr Bestes, raffelten um die Wette. Jede wollte die Fleißigste sein. Um die Wette eiferten sie aber auch in ihren Neckereien, Scherzen und Erzählungen. Die Sef, die Thres, die Kuni, die Gret, die Lies, die Käth, die Marie und die Annegret wetteiferten miteinander, um den aufgeschichteten Flachs noch heute vollends zu raffeln.

„Wunderschönen Flachs habt ihr aber dies' Jahr, Sef",
sagte neckisch die pausbackige Lies. Ihre Wangen und
das Kinn zeigten tiefe Grübchen und schelmisch zwinker-
te sie ihren Freundinnen zu. „Der hat Fasern wie Seide.
Das gibt herrliches Linnen für deine Aussteuer!"

„Mei Aussteuer ist längst fertig, Lies. Die sitzt schön
aufgestapelt in der Truhe", gab Sef stolz zurück. „Wär'
schlimm, wenn ich jetzt erst an meine Aussteuer denken
würd'. Mutter und ich haben seit Jahr und Tag dran gearbeitet, da fehlt nicht die geringste Kleinigkeit!. Wär' jetzt
reichlich spät. Bis Weihnachten ist net mehr lang hin,
sind noch knapp sechs Wochen. Na, Lies, da würd 's net

mehr klappen. Zum Heiraten muss alles rechtzeitig fertig
sein. Gibt noch genug zu regeln und zu ordnen!"

„Ei, bist du aber heimlich gewesen", warf Käth ein.
„Da gibt 's ja bald nen guten Tag im Berglenehof. Dass
du uns aber davon gar nichts gesagt hast!"

„An die groß' Glock darf man auch net alles hängen!
Kommt noch früh genug ins Dorf", gab Sef lächelnd
zurück.

Hambel um Hambel des geraffelten Flachses häufte
sich auf dem Bosselbrette am Scheunentor zu Bosseln auf
und zeugte von dem Fleiße der jungen Bäuerinnen.

„'s gibt noch mehr Hochzeite im Dorf", sagte Kuni,
„der Max, der Kaspar, es Franzel und der Bast, all' wollen sie heiraten."

Lachend rief Käth: „Da müssen wir uns auch dran machen, sonst bleiben wir gar sitzen und geben alte Jungfern!"

„Na, Käth, da hab ich kein Angst", sagte schelmisch Sef, „ihr bleibt net sitzen, habt ja all eure Sache im Schuss! Stell dich nur net so an."

Die Nacht war schon herangebrochen, als die Flachsarbeiterinnen mit dem Raffeln des Flachses fertig waren.

Das große Sterben ging durch die Natur. Noch standen die Wälder in ihrem farbenprächtigsten Gewande da. Vom zarten Rot bis zum violettblauen Schwarz, vom hell leuchtenden Gelb bis zum tiefsten Braungelb lachte der herbstliche Wald die Dörfler an. Dichter Nebel hüllte das Dörflein ein und wich erst gegen Mittag der durchdringenden Sonne.

Nachts aber tobten die erbarmungslosen Novemberstürme, jagte der Wilde Jäger durch die herrlichen Buchen-und Eichenbestände und richtete furchtbare Zerstörungen und Verwüstungen an. Unter donnerähnlichem Krachen stürzten die mächtigen Waldriesen ächzend nieder, lagen zersplittert und zerbrochen auf dem Boden und bildeten ein undurchdringliches Labyrinth von Ästen und Baumleichen. Immer tiefer fraß sich der wütende Novembersturm in den schönen Buchenwald hinein und zerstörte jährlich Tausende Klafter wertvollen Naturholzes.
Der Tod hielt reiche Ernte in der Natur des herrlichen Spessartwinkelgebietes.

Wenn so der tobende Sturmwind zerstörend durch die Wälder brauste, wenn er alles Leben zu vernichten drohte,

wenn er um die Häuser des Dörfleins heulte und pfiff, rappelnd an den Schindeln und Wettbrettern zerrte und riss, er die Ziegeln von den Dächern klappernd in den Hof schleuderte, die Türen der Häuser zum Zittern brachte, wenn sich niemand hinaus auf die Dorfgassen wagte, dann saßen in der molligen Bauernstube Frauen und Mädchen beim spärlichen Scheine der flackernden Öllampen am warmen Kachelofen, in dem die langen Buchenscheite traulich knisterten. Emsig schnurrten ihre Spinnräder, die Spindeln surrten und Flachsfaser um Flachsfaser drehte sich zu feinem Faden und spulte sich zu einem dicken Knäuel auf.

Margret saß mit Sef am warmen Ofen, und Rocken um Rocken Flachs verwandelte sich unter ihren flinken Fingern

zu den feinsten Fäden. Das Treibrad des dreibeinigen, schön verzierten Spinnrades machte seine schnurrenden Umdrehungen, das Tretwerk schlug seinen galoppartigen Takt dazu, die sich blitzschnell drehende

Spindel glich einer Welle, deren Umrandung nur noch als schimmernde Kreislinie zu erkennen war. Immer wieder wurden die Enden neuer Flachsfäden mit den abgespulten Enden zusammengedreht.

„Surrorrsurrorrrsurrorrsurr", sangen die Räder. Dazu ertönte das Klappern des Webstuhles, hinter dem der Bauer saß und den gesponnenen Flachs zu fertigen Tuchen verarbeitete. Seppl, der allabendliche Gast, löste hierbei seinen Schwiegervater ab. Vor dem Ofen aber lag

zu Füßen der beiden Spinnerinnen Moppi behaglich aus-
gestreckt und ließ von Zeit zu Zeit ein zufriedenes Knurren ertönen, streckte dabei alle Viere weit weg, als wollte
er zu erkennen geben, dass hier die Ruhe gut sei.

„Ist das aber heute Abend wieder ein Sturm", unterbrach
die Bäuerin das Schweigen. „Da kann man wirklich
froh sein, dass man in der warmen Stube sitzen darf. Da
ist es doch hübsch gemütlich. Net für Geld ging ich jetzt
hinaus! Hört nur, wie der Wind durch den Zwinger fegt,
wie er wieder tobt und an den Fenstern rüttelt!"

„'s sind schon schlimmere Stürme über unsere Berg'
gefegt, Margret", sagte der Bauer. „Weißt, wie er vor
zwanzig Jahren im November getobt hat! Der ganze
Buchwald bis 123??? war ein Windbruch. Auf stürmische
Tage folgen auch wieder ruhige. Tröst dich nur!"

„Aber Mutter", warf Seppl ein, „man darf auch net
gleich so ängstlich sein! Wir sitzen doch hier ganz sicher!
Und schön ist's, dem Toben der Naturgewalten zuzu-
schauen,
noch schöner, den Sturm im Walde mitzuerleben.
Wenn dann der Wilde Jäger durch den Wald reitet,
ha, ha, da möchte man am liebsten mit ihm jagen!"

„Seppl, das Umherschweifen im Walde bei Wind und
Wetter ist ja jetzt für euch vorbei. Wirst nun auch lieber
in der warmen Stube bei uns sitzen. Aber nun wollen wir
mal von was anderem reden. Weihnachten rückt immer
näher heran und vorher soll doch noch euere Hochzeit
sein. Habt ihr euch denn schon auf einen Tag geeinigt?
Vorher ist noch so viel zu erledigen. Auch der Pfarrer
muss rechtzeitig Bescheid bekommen. Muss doch euer

Aufgebot verkünden. Wie denkt ihr denn darüber, meine
Kinder?"

„Na, Mutter, bis jetzt haben wir uns noch gar keine
Gedanken hierüber gemacht", gab Sef freudig zur Antwort.
„Wir haben gedacht, ihr würdet schon alles regeln.
Mir wär' als Hochzeitstag der Dienstag vor Weihnachten
am liebsten. Donnerstag ist dann Heiliger Abend. Da
hätten wir die schönste Vorfeier zum Christfeste. Seppl
wird schon mit meinen Plänen einverstanden sein."

Seppl nickte verständnisvoll Sef zu und sagte: „Mutter,
mir ist alles recht. Macht's, wie ihr 's für richtig haltet."

Hannes lächelte vergnügt. „Na Mutter, da ist alles in
Ordnung. Fragt sich nur, ob du mit Sefs Aussteuer fertig
bist. Ich werde schon für die Hochzeitsfeier alles ins Lot
bringen!"

„Hannes, für die Aussteuer hab ich beizeiten gesorgt,
da fehlt auch nichts mehr. Bettzeug, Leib-, Küchen-und
Tischwäsche hat sie für ihr ganzes Leben. Ihre Schränke
und Truhen sind bis oben angefüllt. Und draußen auf der
Bleich liegen noch drei 10m??? lange Stück Hausmacher-
linnen, vom besten, Hannes. Auch die Kinderwäsch ist
fertig," sagte fröhlich schmunzelnd Margret.

„No, die hat ja noch Zeit gehabt," meinte Hannes. „So
eilig wird's ja damit noch nicht sein!"

„Gewiss, Hannes, aber wenn man heiraten will, soll alles
bereit liegen. Ich hab die Kinderwäsch auch mit in die

Ehe gebracht und wir hatten 's wirklich net eilig, Hannes."

Sef hatte bei diesem Zwiegespräch ein verlegen rotes Köpfchen bekommen und hilfesuchend zu Seppl geschaut.

„Naa, Vater, brauchst kei Bange zu haben, 's ist schon so, wie Mutter sagt", fiel Seppl ein. „Eilig haben wir 's wahrhaftig net. Was sollt' auch da der Pfarrer und es Dorf sagen!"
„Recht so, Seppl, bist noch einer vom alten Schlag trotz deiner Weltgewandtheit. Ich freu' mich alle Tage mehr über dich!"

„Nächsten Sonntag gehen wir zum Pfarrer und melden unser Aufgebot an. Ich denk' doch, dass er mit unserm Hochzeitstage einverstanden sein wird", entgegnete Sef. „Dann wäre ja alles geregelt Und ich freu' mich von ganzem Herzen, dass endlich mein Wunsch erfüllt wird und wir all zusammen so einig sind."

„Und so als soll 's auch immer im Berglenehofe bleiben, meine lieben Kinder", sagte der Bauer, „dann können wir getrost unseren alten Tagen entgegen sehen."

Wieder hatte der Winter das Spessartwinkelgebiet in seinen Bann geschlagen. Eisig kalt fegte der rauhe Nordwind über das Bergdörflein hinweg, verfärbte Nasenspitzen, Wangen und Ohren der Wasserträgerinnen knallrot. Gewohnheitsgemäß versteckten sie ihre Hände während ihrer Plauderstündchen unter der Schürze. Doch bezeugte das ständige Trippeln in den Holzschuhen, dass es ihnen heuer auch nicht angenehm war, hier lange zu warten, bis sie an der Reihe waren, ihre Trageimer und Wasserbütten zu füllen.

Frau Holle schüttelte täglich ihre Federbetten tüchtig aus und in lustigem Tanze wirbelten großflaumige Schneeflocken in tollen Galoppsprüngen zur Erde nieder, hüllten Feld und Wald in eine weiße schützende Decke ein. So recht weihnachtlich mutet die Natur des Spessartwinkelgebietes an. Wildspuren gruben sich störend in die sonst so unberührte weiße Decke ein und zogen bis zu den Häusern und Gärten des Bergdörfleins, zeugten von der Not der heimischen Waldbewohner.

Herrlich aber war es in dem Bergwalde. Hier hatte der große Zauberer Winter Wunder seiner Zauberkunst voll

bracht. Wie riesige Christbäume standen hohe, schlanke Fichten und Tannen in ihrer Winterpracht da. Bäumte ein Häher auf denselben auf, so rieselte ein feiner Sprühregen von Eis-und Schneenadeln gleich feinem Puderzucker hernieder. Die mit Schnee behangenen Jungfichten und Wacholderbüsche glichen sagenhaften Märchengestalten, putzigen Zwergen, Gnomen, Kobolden, Elfen und Nixen.

Im Berglenehof war heute Hohes Fest. Ein selten schöner Wintertag war angebrochen. Vom klarblauen Himmel lachte freundlich die Sonne dem jungen Paare entgegen. Zwar war es frostig kalt und der hart gefrorene Schnee ächzte und knirschte quietschend unter den Tritten der Hochzeitsgäste.

Feierlich erklangen die Glocken des Bergd???örfleins, riefen Brautleute, Gäste und Dörfler zum Trauamte.

Langsam zog der Brautzug durch die Straßen des Berg-
dörfleins.
Ernst schritten die Väter der Braut und des
Bräutigams im Gehrocke vor dem Zuge her. Sef trug ein
faltenreiches, schwarzes Schleppkleid. Ein langer, weißer
Schleier wallte von ihrem lockigen Haare und Schleier
wie Schleppe wurden von zwei weiß gekleideten, jugend-
lichen
Brautjungfern im Alter von zwölf und dreizehn
Jahren, den beiden Gothchen der Braut, getragen. Ihren
Lockenkopf zierte ein Myrthenkranz mit silberweißen
Blüten. In der linken Hand hielt sie ihr Gebetbuch, in
dem ein Myrthen-und Rosmarinsträußchen steckte, gegen
die Brust gepresst. Gesenkten, doch frohen Blickes
schritt sie an der Seite Seppls her, der ins seinem Fracke
heute besonders feierlich aussah. Nach altüberliefertem
Brauche folgen als Brautführer Max und der Freiersmann
Kaspar. Ihre Hüte trugen als Brautschmuck ein schönes,
zartfarbiges Seidentuch, die ???sich wie ein Hutband
???am denselben legte, die beiden Tuchzipfel über den
Hutrand hängen ließ. Paarweise reihten sich nun die
Verwandten und Gäste an. Wohl über vierzig Personen
zählte der Hochzeitszug. Seit Menschengedenken war
eine solch große Hochzeit nicht mehr im Bergdörflein
gefeiert worden.

In den Bauernstuben standen die Frauen und Männer,
die Haus und Stall betreuen mussten, und musterten neugierig das junge Paar und die vielen Gäste. Die Burschen
und Mädchen hatten bereits im Gotteshause ihre Plätze
eingenommen. Heute wollten sie alle Zeugen dieser feierlichen Handlung sein.

Langsam trat der Zug durch das Portal der Kirche ein.

Feierlich erklangen die Akkorde der Orgel und geleiteten in gemächlichem Marschtempo das Brautpaar zum Hochaltare.

Würdevoll erschienen Pfarrer und Messdiener und zogen zum Altare. Andachtsvoll schritt der greise Pfarrherr die Stufen des Altares hernieder und wandte sich mit treffenden, von Herzen kommenden und zu Herzen gehenden Worten an das junge Paar. Tränen glänzten in den Augen vieler Kirchgänger.

Frei und laut erklang das „Ja" Sefs und Seppls durch das alte Bergkirchlein. Jeder Kirchgänger fühlte, dass hier zwei junge Menschen, die sich von ganzem Herzen zugetan waren, den Bund zu einem glücklichen gemeinsamen Erdenleben geschlossen hatten.

Der kirchliche Weiheakt war zu Ende. Wieder begleitete die Orgel den Zug zum Portale, wieder formte er sich zum Gange ins Brauthaus. Einem Jubelzuge durchs Bergdörflein glich dieser Brautzug. Allüberall standen die Dörfler und wünschten den Neuvermählten Glück und Gottes Segen.

Aus allen Fenstern drangen freudige und aufrichtige Zurufe. Immer wieder musste das Brautpaar herzlichste Händedrucke hinnehmen. Hier und da aber standen Gruppen der Schuljugend und erwarteten freudig den Hochzeitszug.

Eine schön geschmückte Stange hielten sie quer über den Weg und verwehrten dem Zuge den Weitermarsch, ‚hemmten' ihn.

Hier musste sich das Brautpaar loskaufen. Die Väter
der Brautleute griffen in die straff gefüllten Taschen und
warfen je eine Handvoll Kleingeld oder ‚Glücksgeld'
unter die Jugend. Rasch schob sich da die Hemmstange
zur Seite und gab dem Zuge den Weg frei. Die Jugend
aber fiel über das Glücksgeld her, verwickelte sich in ein
zappelndes Menschenknäuel. Mehrmals wiederholte sich
so für die Jugend der Geldregen.

Hinter jedem Bauerhofe aber standen die Burschen mit
ihren Vorderladern, um beim Vorbeizuge Seppl und Sef
das ‚Glück' anzuschießen. Donnernd brachen sich die
Büchsenschüsse am nahen Waldrande und rollten zum
Bergdörflein zurück.

An der Haustür des Berglenehofes aber tauchte der
Bauer seinen Zeigefinger in Weihwasser, machte auf die
Stirn seiner Sef und seines Schwiegersohnes das Zeichen
des Kreuzes und sprach dabei in feierlichem Ernste:

„Gott segne Euch in meinem Haus

Und alle, die hier gehen ein und aus!"

Hochzeiter und Gäste nahmen in der Bauernstube und
Kammer ihre Plätze ein an den weiß gedeckten und mit
Tannengrün geschmückten Tischen. Der Hochzeits-
schmaus
begann. Reichlich hatten Hannes und Margret
für diesen Tag gesorgt. Schmackhaft hatte die Pfarrhaushälterin
die vielen Speisen zubereitet. In Tischreden und
Trinksprüchen wurden vom Pfarrer, den Vätern der
Brautleute und den Hochzeitsgästen dem jungen Paare

Glückwünsche ausgesprochen.

Allzu rasch verflogen bei angenehmer Unterhaltung die frohen Stunden des schönen Tages. Nach dem Kaffeetische besichtigten die Männer die Viehställe und die neu erbauten Wirtschaftsgebäude. Allgemeine Bewunderung bekundeten sie dem Berglenebauern.

„Schön und recht praktisch hast du wieder aufgebaut", sagte Vetter Justin aus dem Joßgrunde. „So hätt' ich mir die wiedererstandenen Gebäude net vorgestellt! Da drin zu arbeiten macht wirklich Spaß!"

„Ja, Vetter, sieh, viel verdanke ich da unserm Seppl. Der weiß aber auch überall Bescheid. Zu allem ist er zu brauchen. Ist halt in der Welt rumgekommen und hat viel gesehen, und all die Vorteile hat er beim Bauen in die Waagschale geworfen. In ihm hatt' ich die beste Stütze. Ich kann ihm wirklich net genug danken. Und en Bauer is er durch und durch. Nen bessern find't man net in der Umgegend. Hätt' ja auch nie was gegen ihn gehabt, wenn er net Schwärzen gegangen wär. Nun, dies Handwerk hat ja nun ein für allemal ein End'."

„Du kannst wirklich froh sein, dass du so nen tüchtigen Schwiegersohn bekommen hast. Hast du dir nun durchs Bauen auch keine Schulden auf'n Buckel geladen?"

„Vetter, mach' dir keine Sorgen. 'S ist alles bezahlt. Die Handwerker haben ihr Geld bar auf'n Tisch gelegt bekommen. Und Seppl und seine Kameraden haben feste mitgeholfen, dass die Gebäude bald unter Dach kamen. Nun kann ich beruhigt in die Zukunft schauen. Ich weiß, dass mein Hof in gute Hände kommen wird. In einigen

Jahren wird ????Seppl die Leistungen des Hofes wesentlich gesteigert haben. Dafür sorgt der Seppl schon!"

„Auch dein Vieh steht wie geleckt da. Na, das war man
schon bei dir früher gewöhnt. Gut im Fleisch ist es auch
und scheint recht Milch zu geben. Euter und Milchadern
deuten wenigstens darauf hin."
„Hast recht, Vetter, auch hier hab' ich manches ausprobiert, wozu mir Seppl riet. Während seiner Militärzeit
in München hat er die oberbayerische Vieh-und Milch-
wirtschaft kennen gelernt. Als wissbegieriger Bauer hat
er da vieles abgeguckt und nun hier ausprobiert."

Die Altbauern setzten ihren Besichtigungsgang fort,
zollten überall Lob und Anerkennung.

Während dieser Zeit hatten sich in der Stube zwei
Gruppen tischweise zusammengefunden. Die Bäuerinnen
scharten sich um Margret, während die Burschen und
Mädchen sich zu dem Brautpaare gesellt hatten. Auch die
Köchin nahm sich nun etwas Zeit, sich an der Unterhal-
tung zu beteiligen.

„Nu will ich mich äwer aach e bissche bei euch setze,
Margret. Mer hot jo noch net e klei wenig sich mit euch
unnerhale könne. Und es gibt doch heut so viel zu erzäh-
le."
„Das mein' ich aber auch, Fräulein", erwiderte Margret.

„Aber lobe muss ich Sie jetzt erst mal. Ganz ausgezeich-
net haben Sie heut gekocht! Man merkt doch, dass
Sie im Pfarrhause tätig sind. Unn e klei Schwätzche kann
uns allen net schade."

„Margret, so schlimm is es grod net", „lachte hell die Haushälterin auf. „Bei uns gitts aach net alle Tag Brate und Geschmortes. Äwer mei ahl Herrche halt ich got, do könnt ihr euch drauf verlasse. Der soll mer kein Hunger leid' un muss aach immer e bissche besser gekocht kriege.
Äbber bei euch hatt' mer's heut wieder mal richtig Spaß gemacht. Do konnt mer aach was Gutes koche."

„Bei einer Hochzeit darf's an nichts fehlen. Hochzeit ist nur einmal und an den Tag sollen sich die jungen Leut' ihr Leben lang erinnern", gab Margret zur Antwort.

„So is es", mischte sich jetzt die Waldhofbäuerin ein.

„Wie gern denken wir in unsern alten Tagen an unsern Trautag zurück. Wenn so ne Trauung stattfindet, fühlen wir uns mit den Neuvermählten wieder jung."

„Wie rasch doch die Zeit verfliegt! Ich mein' grad, es wär erst heut', als ich mit meinem Hannes zum Traualtare
schritt. Ich freu' mich ja wirklich, dass unsere Kinder so en schönen Tag bekommen haben."

„Oh, e glücklich Paar is es, das könnt ihr glaube", warf nun wieder die Pfarrhaushälterin dazwischen. „Wie die so fest aneinandergedrängt vorm Herr am Traualter stande.
Do konnt' sich kei dozwische dränge. Und die Kerze haben so schön ruhig gebrannt und der Braut-schleier is während der Traufeierlichkeit net zerrisse. Dos

sind doch alles Anzeiche, die uff e glücklich Ehe hindeu-
te.
Seit Urzeite honn sich die Anzeiche immer bewahrheitet.
Meint ihr, do wär's heut anders?"

Die Fütterzeit war herangekommen. Unaufgefordert
übernahmen die Burschen und Mädchen heute die Stall-
arbeiten. Die Käth, die Lies und die Thres warfen sich
alte Röcke der Bäuerin über die Festtagskleider, ergriffen
die Milcheimer und eilten zum Melken in den Viehstall.
Lustig ließen sie hierbei ihre Lieder und Scherze ertönen
und rasch schritt so die Arbeit voran. Franzl und Max
aber eilten mit Gabeln voll gemengtem Futter herbei und
steckten die Raufen der Kühe voll. Auch sie sollten heute
eine bessere Bewirtung haben. Fröhlich stimmten sie in
die Weisen und Scherze der Mädchen mit ein. Lachend
schauten die Altbauern dem fröhlichen Treiben der Jugend
zu.

„Nun kann mir 's wahrhaftig keine Fehler mehr geben.
Bei solch tüchtiger Hilfe machts uns Alten wirklich Spaß
mitzutun. So lässt man sich's gefallen", rief lachend der
Bauer.

„Das wär ja noch schöner, wenn du und Margret heute
den Stalldienst versehen solltet. Das gibt's ja net! Wir
springen schon ein, wenns gilt", erklang Kathrins helle,
lachende Stimme. „Bei der nächsten Kerb tanzen wir
auch einen recht flotten Galopp, Hannes!"

Gret und Marianne hatten inzwischen das Futter für die
Schweine zum Schweinestalle gebracht. Grunzend stürzten sich die Mast-und Läuferschweine über die gefüllten

Tröge.

Lachend stürzten die Helferinnen in ihrer Verkleidung zur Stube. Allgemeine Heiterkeit brach bei den Hochzeitsgästen aus, als die Jungbäuerinnen so in der Bauernstube erschienen.

Die häusliche Hochzeitsfeier gipfelte von jeher in üppigem Schmause. So war es auch wieder beim Abendessen. Speise und Trank wurden in Fülle geboten. Nach dem Essen begann ein richtiger Festestaumel. Lachen und Scherze ertönten. Die gehobene Stimmung holte althergebrachte Scherze hervor und steigert mit Neckereien die Festfreude.

Die Hochzeitsgäste treten zum Schenken an. Die Goth der Braut überreicht das Gothekissen. Zinnteller, zinnernene Schüsseln, Fleischplatten, Schöpflöffel, Essbestecke und allerlei andere nützliche Geschenke häufen sich auf dem Gabentische vor den Brautleuten.

Franzl und Kaspar bringen eine eingewickelte Puppe, ahmen das Schreien eines Kleinkindes nach und legen das Wickelkind in die Arme Sefs. Alles lacht und jubelt.

Es geht schon stark auf Mitternacht zu. Da plötzlich ein Ruf des Brautführers.

„Der Braut ist der Schuh gestohlen worden!"

„Schlecht hast aufgepasst, Max", wirft vorwurfsvoll Kaspar dazwischen. „Der Schuh muss wieder her! Da hilft alles nichts. Auf zur Suche!"

Lachend und kichernd machen sich Max und Kaspar
auf die Suche. Loskaufen müssen sie ihn. Alle bieten
tüchtig auf den Brautschuh. 15 fl müssen die beiden
Saumseligen zahlen. Das Geld nimmt aber freudestrahlend und herzlichst dankend die Köchin als besonderen
Lohn in Empfang.

Mitternacht ist angebrochen und damit auch der schöne
Hochzeitstag zu Ende. Nach altem Brauch legt Sef unter
Tränen Myrtenkranz und Schleier ab, bindet eine Schürze
vor und bekommt von Max eine Haube aufgesetzt.
Sogleich übernimmt sie den Dienst der Hausfrau, trägt
Speise und Trank auf.

Lies, Thres, Kath, Gret und Marianne nehmen den
Myrtenkranz in Empfang, bilden einen Kreis um die
Braut und singen zur mitternächtlichen Stunde:

Sie hat gesponnen sieben Jahr,
Den gold'nen Flachs am Rocken,
Ihr Linnen ist wie Spinnweb' klar,
Grün ist der Kranz der Locken.
Schöner grüner Jungfernkranz,
Mit veilchenblauer Seide.
Wir führen dich zu Spiel und Tanz,
Zu Glück und Lebensfreude.
Die Frauen aber, die Sef des Mytenkranzes beraubten,
umtanzen nun Sef und rufen:
Jetzt bist du halt e Fraa,
Wie die annern Weiber aa.
Jetzt kimmst du uf die Kindszech???
Wie wir Weiber aa."

Seppl wurde ein alter Hut aufgestülpt. Auch er trat nun seinen Dienst an und war Sef behilflich beim Auftragen.

Während all dieser Harmonien hatten die Jungburschen draußen ungestört gründliche Arbeit geleistet. Fest war die Haustür zugebunden. Niemand konnte durch sie ins Freie kommen. Hoch aufgerichtet stand das Jauchefass vor der Türe und war mit dicken Stricken an dieselbe gebunden. Pflug und Wagen waren aus der Scheune verschwunden.
Die einzelnen Teile fand Seppl erst nach Tagen wieder in der Feldflur. Hier und da waren sie in die Kronen alter Apfelbäume verstaut. Auf dem Dache aber hatten sie an den Schornstein eine alte Wiege festgebunden.

Es war vier Uhr morgens vorüber, als die letzten Hochzeitsgäste ihren Weg antraten.

Drei Nächte aber musste Seppl noch nach altem Brauche in seinem Elternhause schlafen. Es ging schon dem Morgen zu, als er mit seinen Eltern durch die kalte Nacht und das schlafende Dörflein schritt.

Sef aber hängte ein Betttuch vor ihr Fenster, damit die bösen Geister von ihrer Stube abgelenkt würden, die besonders in diesen drei fraglichen Tagen einzudringen versuchten und der jungen Frau Schaden zufügen wollten.

Noch lange sprach man im Bergdörflein über die Hochzeit im Berglenehofe! Besonders eifrig unterhielten sich die Wasserträgerinnen an den beiden Dorfbrunnen über dieses wichtige Dorfereignis.

Im Berglenhofe war das Alltagsleben wieder eingekehrt. Abends saßen die jungen und alten Leute am molligen Ofen, verrichteten ihre Winterarbeiten und hielten ihre gemütlichen Plauderstündchen. Gar vieles gab es für die Mannsleute an den langen Winterabenden für die sommerliche Arbeitszeit vorzurichten. Hannes und Seppl flochten ihren Bedarf Mannen, besserten reparaturbedürftige aus oder banden aus Birkenreisern Besen fürs ganze Jahr. Margret und Sef aber saßen hinter ihren schnurrenden Spinnrädern.

Heute Abend aber waren alle Nachbarinnen und auch die Freundinnen Sefs in der Bauernstube bei emsiger Arbeit. Die alljährliche Spinnstube wurde heute nach althergebrachter Sitte im Berglenhofe gehalten.

Frostig kalt war es draußen. Mit allem Grimme hatte sich der gestrenge Winter eingestellt. Hoch lag der Schnee, eine scharfe, eisige Nordluft fegte über die Höhen.

„Drei Motze Kälte hat der Winter heuer mitgebracht", sagte sich frostig schüttelnd Annegret. „Hu, da is es am schönsten am warmen Ofen."

Ja, Motzen Kälte, denn nach Strickwesten, Ärmelsdingern, Motzen, vor Kälte schützten, wurde auch die Temperatur des gestrengen Herrn gemessen.

„Heut' is es noch en Motze kälter als gestern", hörte man Margret klagen.

„Jo, hast recht", gab Häuschens Babett zur Antwort.

„Heut war tagsüber niemand auf der Gasse zu sehen. Knecht' und Mägd' verschwinden eiligst vom Hofe, wenn sie das Vieh gefüttert hatten. Alle suchten Zuflucht in der großen warmen Stube."

Im großen Kachelofen, der von der Küche aus gefüttert wurde, knisterten die langen Buchenscheite. Laut bullerte das Feuer, durchwärmte mollig die große Stube und ließ die wundervollen Eisblumen an den Fensterscheiben nach und nach zum Welken kommen.

In der Stube, die nicht tapeziert war, standen an den geweißten Wänden ringsum lange, schwere Eichenbänke, auf denen sich die Spinnerinnen niedergelassen hatten. Vor ihnen stand ihr Spinnrad, ein dreibeiniges, schön verziertes, gedrechseltes Holzgestell, auf dem Treibrad, Tretwerk, Triebsaite, Spindel, Stellschraube, Rockenge stell und Rocken aufgebaut waren. Flachs und Werg war auf dem Rocken aufgewickelt.

„Surrrorrrurrrorrrurrr", so schwirrten die Räder durcheinander.
Jedes Rädchen hatte seinen eigenen Ton, je nach dem leichteren oder schwereren Bau und dem Holze, aus dem es gefertigt war.

„Hast aber ein wunderschönes Spinnrad, Margret", rief Häuslers Babett Margret durch das Schnurren der Spinnräder zu. „Das war ein tüchtiger Drechsler, der dir das Rädchen angefertigt hat! Wie das so schön verziert und gedrechselt ist! So hab' ich aber noch keins gesehen. Wie kunstvoll die vielen kleinen, hölzernen Glöckchen und Ringe an den einzelnen Gestellteilen herausgedreht sind, wie taktmäßig sie sich bei jedem Tritte auf das Tretwerk bewegen. 'S is wirklich ein Wunder vom Spinnrad! Und wie es so wunderbar in seinen Farben glänzt! Das wird auch schön teuer gewesen sein!"

„Sieh, Babett, das is mein Brauträdchen. Mit in die Ehe hab ich es vor dreißig Jahren gebracht. Der Drechsler, nu ja, er is nun auch schon tot, hat all seine Ehre dareingesetzt, mir was ganz besonderes, etwas, was noch net da war, zu drehen. Und die Wachsfarbe, mit der es gestrichen hat, war sein Betriebsgeheimnis. Keinem anderen Drechsler hat er das verraten. Mit in den Tod hat er sein Geheimnis genommen. Ich bin aber auch recht stolz auf das einzig schöne Spinnrad. Das hab ich gehalten wie ein kleines Kind. Mein Heiligtum ist es", erwiderte Margret stolz.

Zu der Musik der Spinnräder wurde munter erzählt, Märchen und Begebenheiten aus dem Dorfleben, aus alten Kriegszeiten, Gespenstergeschichten und dergleichen mehr. Ab und zu erschallte aber auch ein altes, schönes Volkslied.
„Schöne, weiche Flachs hast du aber, Margret", bemerkte Wahners (Brasche) Annegret. „Der is ja wie die reinste Seide.
Das gibt ein schönes Stück Tuch. Ich wünscht, ich hätt' davon einige Hundert Kuten. Net mit Geld is der zu bezahlen!" Dabei flogen Zeigefinger und Daumen immer wieder zum Munde, benetzten sich mit Speichel und feuchteten den Flachsfaden an. Umso fester drehte er sich, wenn er feucht gehalten wurde. Wohl hing an jedem Spinnrade ein Näpfchen mit Wasser, aber gewohnheitsgemäß benutzte sie wie alle Spinnerinnen von Jugend auf den Mundspeichel.

Im Kachelofen brutzelten und zischten die Bratäpfel und füllten die ganze Stube mit ihrem Dufte. Große Scheiben Brot lagen zwischen den Äpfeln in der Kachel und rösteten schön braun.

„Hm, wie die Bratäpfel so gut duften", warf Neubauersch Friederike dazwischen. „Da kriegt man ja wirklich Appetit danach."

„Ich mein, wir wollen erst mal eine kleine Pause eintreten lassen", gab Margret zur Antwort. Rasch holte sie die Bähbrote aus der Kachel, bestrich sie mit Schweinenierenfett, dem Frohnfett, streute Salz darauf und reichte jeder Spinnerin ein Brot mit Bratäpfeln.

„Lasst 's euch gutschmecken", sagte sie dazu.

„Hm, Bratäpfel, ess ich für mein Lebe gern und Bähbrot dazu, in das es Frohnfett so richtig eingedrungen is, is doch etwas Leckeres", bestätigte schmunzelnd Häuslers Annegret und sprach dem warmen Frühstücke tüchtig zu.

War eine Spule vollgesponnen, wurde sie flink aus der Spindel gezogen und abgeweift. Manches Gebund war so bis Mitternacht auf der Bank aufgeschichtet.

„Na, Sef", fragte Gret neugierig, „wie gefällt dir's denn im Ehestand? Hast dich gut eingelebt? Wie fühlst du dich denn als junge Frau? Weißt, wenn man so vorm Heiraten steht, is man neugierig, möchte doch gar zu gerne wissen, wie's da aussieht!"

„Schön is, Gret", gab schelmisch lächelnd Sef zur

Antwort. „Mir gefällts recht gut! Ich kann mich net beklagen!
Ich kann euch allen nur raten, bald zu heiraten."

Um den schweren Eichentisch hatten sich die Männer der Spinnerinnen niedergelassen, spielten ihren Schafskopp, erzählten sich Jagdgeschichten, unterhielten sich über den Ackerbau und Viehzucht und tauschten Erinnerungen aus ihrer Jugendzeit aus. Ab und zu schlug dabei die Faust eines überhitzigen Kartenspielers so kräftig auf die Tischplatte, dass erschreckt die Spinnerinnen ihre Köpfe nach dem Tische warfen.

„No, Hannes, willst doch net gar die Tischplatte kaputthauen", rief Margret ihrem Manne zu.

„Margret, das verstehst net. Beim Kartenspiele muss auch mal auf en Tisch gehauen werden", gab Hannes zur Antwort.

Es ging auf Mitternacht. Margret und Sef eilten zur Küche, das Abendessen zu richten. Schinken, Schwartemagen und Kartoffelsalat gab es, dazu einige Bembel Äbbelwoi. Zum Abschluss der Spinnstube wurden Kaffee und Kuchen aufgetragen.

Sommerlich warm schien die Sonne vom wolkenlosen Märzenhimmel hernieder. Die Natur erwachte zu neuem Leben und täglich zeigte der Wald neue Veränderungen. In den Südhängen des Bergwaldes erscholl eines Morgens das vieltausendstimmige Konzert der kleinen Waldsänger, die von der weiten Reise aus dem warmen Süden zurückgekehrt waren und nun ein herrliches Lob-und Danklied zum sonnigen Himmel emporschmetterten.

Über Nacht war der Frühling in das Spessartwinkelgebiet eingekehrt.

Aber auch im Bergdörflein herrschte nun reges Leben. Schon frühzeitig rasselten die Wagen über die Dorfstraßen.
Mit Holzpflug und Mistwagen zogen die Bergbauern auf die Äcker, ihre Frühjahrsbestellung zu beenden.

Mit seinem Ochsengespanne zog Seppl am Struthacker Furche um Furche. Wie mit der Schnur gezogen lagen sie nebeneinander. Dem Pfluge folgten Stare und Raben, die fetten Engerlinge und Regenwürmer zu verspeisen. Hafer und Gerste sollten noch in dieser Schönwetterperiode gesät werden. Der launische April machte alljährlich den Bergbauern mit seinen Schneetreiben und seiner Kälte einen Strich durch ihre Feldarbeiten.

In Gedanken versunken schritt Seppl hinter seinem Pfluge her. Über Verbesserungen im Acker-und Wiesenbau dachte er grade nach. Größere Ernten sollte der Berglenehof in Zukunft abwerfen. Gar manches gab es da noch zu tun. Sein Blick glitt hinüber zum Hofe. Da sah er einen Storch, der in Soden seinen Horst hatte, drei weite Kreise über seinem Hofe ziehen.

„Ein gutes Vorahnen ist das Kreisen des Storches über dem Berglenehof", schoss es da Seppl durch den Sinn. Junges Leben war im Werden, in der Natur und auch im Berglenehofe. In aufkommender Vaterfreude schritt er stolz hinter seinem Pfluge her.

Auch die Wiesen bedurften dringender Verbesserungen. Bereits im Winter hatte Seppl hier die sumpfigen

Stellen durch Abzugsgräben und Steinsickerungen tro-
ckengelegt und erhoffte nun anstatt des bisherigen saue-
ren Gewächses ein besseres Milchfutter.

Freudig winkend kam Sef mit dem Frühstückskorbe
und der Kaffeekanne auf dem Acker an. Moppi, der sich
mit Mäusefangen beschäftigt hatte, bekam Wind von
seiner jungen Herrin und eilte ihr in langen Sprüngen
entgegen, sie froh begrüßend. Am Ende der Furche ließen
sich Sef und Seppl zum Frühstück nieder. Moppi nahm
seinen Platz zu ihren Füßen ein.

„Seppl", sagte sie errötend, „hast auch den Storch gesehen?
Drei große Kreise hat er grad über unserm Hofe
gezogen. Der meld't sich aber schon rechtzeitig bei uns
an. 'S is doch noch Zeit bis zur Kerb. Da wird schon
unser Kerbbursch ankommen. Ach Seppl, wie ich mich
jetzt schon auf unser Büblein freue. Dann gibts Leben in
unserm Hofe!"

„Ich hab' auch den Storch gesehen, Sef, und mich grad
so gefreut wie du. Noch mehr aber freu ich mich, wenn
unser Stammhalter erst da ist. Hast denn schon einen
Namen für ihn ausgesucht?"

„Ich denk, Seppl, da gibts net viel auszusuchen. Unser
Büble bekommt deinen oder Vaters Namen. Oder noch
besser ist's, er kriegt die Namen von euch beiden, Hannjob", gab sie lachend zurück. „Schmeckts denn, Seppl?"

„Warum solls net schmecken, wenn man so ei jung
Weible bei sich hat", Dabei fuhr er ihr mit dem Zeigefinger streichelnd über die Wangen.

„Jetzt muss ich aber heim, Seppl. Die Arbeit wartet auf mich. Weißt, wir sind am Flachsbrechen. Machs gut, Seppl. Schön hast die Furchen hingelegt. Nachmittags kommt Vater auch mal vorbei. Komm net zu spät zum Mittagessen heim."

Fröhlich lachend und winkend trat Sef ihren Heimweg an. Moppi begleitete sie ein Stück Weges, eilte dann wieder
lustig springend zu Seppl zurück.

Schon von weitem schallten ihr die Eintaktschläg des krummstieligen Bleuels, mit dem der auf dem Scheunentenne ausgebreitete Flachs abgeklopft wurde, entgegen.

„Rr – rrratt – rrratt – rrratt", hallte es aus allen Scheunen des Bergdörfleins. Manch schmerzende Schwiele verursachte dies Werkzeug in den Händen der Frauen und Mädchen.

Hastig betrat auch Sef nun die Scheune, ergriff ihren Bleuel und half tüchtig mit.

„Sef, bist vorhin gesucht worden. Wo warst denn", sagte Neubauersch Friederike. „En ganz hoher Gast wollt zu dir. Dreimal is er um euern Hof gekreist, der Soder Storch. Das bedeut' gewiss etwas. Pass uff, dass er dich net zu arg ins Bei beißt! Sonst musst gar so laut schreie", neckte Friederike weiter.

„Ich fürcht mich net vorm Klapperstorch", gab Sef verlegen zurück. „Wenn mer verheiratet ist, soll auch der

Storch zu einem kommen. Das gehört nun mal zum Heiraten.

Und ich und Seppl freuen uns recht, wenn er zu uns kommt und uns so e liebes Büble bringt. Wird mich schon net härter ins Bein beißen, als er dich auch gebissen hat. Wollt sich halt bei mir nur anmelden. Es Büble bringt er uns später."

Wochenlang waren nun die Frauen und Mädchen in der Scheunentenne des Berglenehofes beschäftigt. Das Flachsbrechen hatte eingesetzt. Alle holzigen Teile des Flachses sprangen hierbei ab. „Qurrr – qurrr – qurrr – klapp – klapp – klapp – klapperlalapp", ging es den ganzen Tag. Dicke Fausthandschuhe hatten sie über die Hände

gezogen, damit die scharfen, holzigen Teilchen ihre Haut an Fingern und Händen nicht verletzten.

Hambel um Hambel gedrechselten Flachses drehten sie an der Spitze zusammen und legten sie auf ein Strohseil.

Fleißig mussten sie arbeiten und recht viel Geschick haben, wollten sie abends neunzig zusammengedrehter Hambeln zu einem Globen zusammenbinden.

Hoch türmten sich nach drei Tagen die fertigen Kloben auf. „Margret, wo wollt ihr aber mit dem vielen Flachse hin?", frug Häusches Babett. „Den kannst doch unmöglich

allein für dich verwerten."

„Es Jahr is lang, Babett, und gar viel wird da zerrissen und leidet Schaden. Da muss immer Vorrat im Hause sein. Und Wäsch' und Linnen kann man nie genug haben", antwortete Margret.

Eine ganze Woche hatte das Brechen des Flachses in Anspruch genommen. Nun waren die Frauen und Mädchen mit dem Schwingen beschäftigt. Im Schwingstocke und mit dem Schwingeisen wurde er weiter bearbeitet. „Tsching, tsching, tschingdro ... tsching, tsching, tschingdro", ertönte die Musik des Schwingstockes solange, bis alle noch haftenden Holzteilchen als ‚Arn' am Boden lagen.

„So", jubelte Neubauersch Annegret laut auf, „nun kann der Flachs zur Hechel kommen! Da wollen wir ihn dann erst so zerzausen, dass alle schlechten Teilchen rauskommen und nur noch beste Spinnfäden übrigbleiben."

„Ne bitterbös Hechel ist die Binsia", meinte spöttisch die Kathrine, „die lässt an keinem Menschen ein gutes Haar übrig, zerzaust und zerrupft jedem Dörfler seine Ehre."

„Wird auch schon eines Tages ihren Lohn bekommen, Kathrin", gab Sef zurück. „Der Herrgott lässt schon net die Bäum' in den Himmel wachsen. Wenn's Zeit ist, wird er ihr schon einen Dämpfer aufsetzen."

Tagelang musste nun die Hechel dem Flachse den letzten Schliff geben. An der groben Hechel stand eine Gruppe Frauen, zog Hambel um Hambel durch den Igel und legte den Abfall zur Seite.
„Babett, die Vorkratze oder das Werk gib mir hier her", forderte Margret ihre Nachbarin auf, „die wollen wir

schön auf einen Haufen legen. Unsere Männer brauchen des Werk beim Weben zum Schuss fürs grobe Leinen, dass Breittuch."

Weiter wanderte der so gehechelte Flachs zur nächsten Gruppe. Sie zogen ihn nun durch die feine Hechel. Auch hierbei gab es wiederum Abfall, das sogenannte Kleinwerg.

„Das Kleinwerg legt da drüben auf einen Haufen", rief Margret dieser Gruppe zu. „Das gibt der Schuss fürs Haltuch,
das Halbtuch. Ihr wisst doch, aus diesem Leinen werden die feinen Hemden für uns Weibsleut angefertigt. Wir wollen immer es Feinste haben."

„Mutter", sagte Sef, „den fertigen Flachs wollen wir solange rüber in den Schafstall legen."

Leuchtenden Blickes nahm sie Flachshambel um Flachshambel, überprüfte nochmals wohlgefällig die feinen, seidigen Hadern, an denen nichts Holziges mehr zu finden war und legte sie zu Kuten zusammen.

„Nun haben wir wieder tüchtig Arbeit für den kommenden Winter", sagte sie. „Da müssen wir uns alle tüchtig dranhalten, wenn der restlos versponnen werden soll."

„Du wirst net so viel spinnen können", neckten spöttisch Thres und Lies. „Wirst wohl dei klei Büble in der Wiege schaukeln und Kinderliedchen singen müssen. Weißt doch, der Storch hat sich neulich bei euch angemeldet!"

„Ha, ha, ha", lachte Sef herzhaft heraus. „Meinst dabei könnt ich net auch noch spinnen? So schlimm wirds net werden! Unser Büble soll ein rechter Bauer wie sein Vater und Großvater werden und da muss es sich schon frühzeitig an unsere Bauernarbeit gewöhnen. Werd's schon sehen, ihr werdet alle recht viel Freude haben."

„Jo, ich mein's auch, Sef. Unsere Kinder sind auch bei der Arbeit mit groß geworden. Warum soll das heut net mehr gehen? So verwöhnen darf mer die Kinner net", gab schlagartig Babett zurück.

„Derrret, derrret, derrret", brummte so Tag für Tag die Hechel und abends hatte sich eine ganze Anzahl Kuten schönen, seidigen Flachses neben der Hechel jeder Arbeiterin angesammelt.

Die Heuernte war in vollem Gange. Schon machten sich die Verbesserungsarbeiten Seppls in den ehemals sumpfigen Wiesen, besonders den Sauwiesen, bemerkbar.
Besser war das Futter in seiner Qualität, zeigte reichlichen Blätterwuchs, war ein ganz ausgezeichnetes Milchfutter. Die Milcherträge mussten sich nun mächtig steigern und damit auch die Einnahmen des Berglenehofes.
Darüber waren Hannes und Seppl besonders erfreut.

Auf den Bergwiesen herrschte wie alljährlich das übliche Leben zur Zeit der Heuernte. Ununterbrochen rollten schwer beladene Leiterwagen schwankend in die Scheunen der Bergbauern, füllten hier die Heuböden bis unter den Dachfirst.

Max hatte diese Woche den Botendienst für das Dörflein zu besorgen. Naaz hatte ihm zu Anfang der Woche vom Gemeindevorsteher den Botenspieß überbracht, der in der Ecke seiner Stube stand und ihn täglich daran erinnerte, in dem zwei Stunden entfernten Orb die dort liegende Post fürs Bergdörflein abzuholen. Zwar kam für diese arbeitsreiche Woche der Botendienst recht ungelegen, der abwechselnd von den Dörflern besorgt werden musste. Aber heute kam er doch in freudiger Erregung im Berglenehof an und übergab Seppl einen dicken Brief aus den Freien Staaten.

„Da, Seppl, hab' ich wieder Nachricht aus den Freien Staaten für dich. Wirst sicher sehr gespannt sein. Alle werden sich mächtig freuen."

„Ja, Max, kannst allen ausrichten, dass wir Sonntagnachmittag beim Winkelwirte den Bericht unserer überseeischen Freunde gemeinsam anhören wollen. 'S Heu wird bis zum Sonntag ja restlos eingefahren sein. Da dürfen wir uns auch wieder einmal einen recht gemütlichen Nachmittag machen. Also, vergiss nicht, alle zu benachrichtigen", schloss Seppl seine Worte.

Sonntagnachmittag waren wieder alle Dörfler beim Winkelwirte versammelt, um den Bericht Johann Adams zu erlauschen. Seppl öffnete den Brief und begann zu lesen:

Mein lieber Seppl, ihr lieben Freunde alle!

Ein Jahr ist verflossen und nun sollt ihr alles Wissenswerte aus unserer neuen Heimat erfahren. Euern Bericht

habe ich mit größtem Interesse gelesen und danke euch
dafür von ganzem Herzen. Ich meinte grade, ich
hätte mitten unter euch gesessen, mit euch geplaudert
und all die lieben Gesichter überfliegen können.

Bruder Richard, Bernaddese Heinrich und seine
Gustel sind gut hier angekommen und haben sich auch
ganz gut in unserem neuen Dörflern eingelebt. In der
nächsten Stadt habe ich sie mit meinem Wagen abge-
holt, War das eine Wiedersehensfreude! Tränen kollerten
die Wangen herunter. Das Erzählen und Fragen nahm
kein Ende. Nun fühlen wir uns nicht mehr so vereinsamt.
Bruder Richard ist mein Nachbarfarmer und dürfte bei
intensiver Arbeit schon im nächsten Jahre recht gute
Erträge erzielen. In gemeinsamer Arbeit vergrößern wir
täglich planmäßig unsere Anbauflächen und Viehbe-
stand.
Einer springt für den anderen ein. Da fällt es uns
allen viel leichter. Auch Lappese Heinrich greift,
wenn es ihm die Zeit erlaubt, tüchtig mit zu. Seine Gustel
steht meiner Frau hilfreich zur Seite und beide sind ein
Herz und eine Seele.

Heinrich hat hier mächtig viel zu tun. Ein Wagner und
Küfer fehlte ja in unserem unmittelbaren Siedlungsgebie-
te.
Bei jeder Kleinigkeit mussten wir die weiten Wege
zur Stadt zurücklegen und verloren dadurch kostbare
Zeit. Er arbeitet bereits mit einem Gesellen. Richard hat
sein Blockhaus nach meinen Angaben recht praktisch
gebaut und Heinrich will sich demnächst ein massives
Haus mit geräumiger Werkstatt und Lagerhalle erbauen.

Es fehlt ihm wirklich nicht an Geld. Augenblicklich bin ich am Bauen eines massiven Farmerhauses. Im Großen habe ich beim Hause die heimatliche Bauform zugrunde gelegt. Nur viel größere Ausmaße werden die einzelnen Gebäulichkeiten haben. Mein Viehbestand hat sich bereits vervierfacht und ich kann schon tüchtig absetzen.

Ebenso werfen meine Getreideernten gute Erträge ab und erleichtern mir jährlich die Abtragung der Restschuld. Wenn keine Missernten oder Viehseuchen kommen, werde ich in zwei Jahren vollkommen schuldenfrei sein.

Nun aber die größte Neuigkeit. Unser Stammhalter ist angekommen und ich habe ihm den Namen Seppl gegeben.
Ihr seht, unser Dorf ist im Wachsen begriffen. Richard hätte sich auch eine Frau von drüben mitbringen sollen. Doch findet er auch hier deutsche Frauen. In unserer unmittelbaren Nachbarschaft sind viele Siedler Einer war neulich zu Besuch bei uns. Er hat sich acht Reitstunden von uns als Farmer niedergelassen. Es gefällt ihm recht gut.

Weiter nach Osten sitzen ebenfalls recht viele Kurhessen, deren Väter bereits in den amerikanischen Freiheitskriegen hier hängen blieben.
Der Kurfürst von Kassel hatte sie für Geld als Söldner nach England verkauft und so kamen sie gezwungen nach Amerika, mussten gegen die Südkolonisten kämpfen und erhielten nach Kriegsende Farmgelände. Sie sind

alle zu großem Wohlstande gekommen. Mit den Rothäuten haben wir ein sehr gutes Verhältnis. Sie besuchen uns öfters als in der ersten Zeit, kommen als unsere Freunde, werden gut bewirtet und pflegen regen Tauschhandel mit uns.

Die Sonntagnachmittage verleben wir gemeinsam.

Gewöhnlich sitzen wir auf einer schweren Eichenbank unter einer mächtigen Linde an unserem Weiher oder gondeln in einem Bootchen, das Heinrich fachgemäß gebaut hat. Dann sind wir mit unseren Gedanken so ganz bei euch. *

* Details, die von Joanne Harnischfeger bestätigt wurden.

Öfters reiten wir auch gemeinsam in die großen Weideflächen, die Prärien, und jagen hier auf Großwild. Manchen feisten Braten bringen wir dann mit nach Hause und unsere Frauen bereiten ihn nach deutscher Art schmackhaft zu. Ihr seht, an Arbeit und Abwechslung fehlt es uns hier nicht. Ich wünschte nur, ihr könntet manchmal bei uns sein.

Lieber Seppl! Ganz besondere Freude hat es mir gemacht, dass du nun mit deiner Sef glücklich verheiratet bist und im Berglenehof ein gemütliches Heim gefunden hast. Nun sind ja deine Auswanderungspläne ein für allemal begraben. Trotzdem hoffe ich, dass vielleicht doch noch einer oder der andere den Weg herüber zu uns findet. Ihr seid uns immer willkommen und ich werde dafür sorgen, dass er als freier Bürger in unserem

Dörflein Einzug halten kann. Hier bin ich ja der Dorfältes-
te und mein Wort wiegt in unserem Staate schwer.

Nun will ich meinen Bericht schließen. Ich hoffe, bald
wieder etwas von euch zu hören. Die alten Bande sollen
nicht zerreißen.

Recht herzlich grüßen euch alle eure alten Kameraden
aus euerm Patendörflein in der Neuen Welt.

Recht herzlich grüßen euch alle eure alten Kameraden

Johann Adam

„Das hätt' niemand von uns geglaubt, dass die so rasch ihr Glück drüben gemacht hätten", rief die Bassstimme des Winkelwirtes in die Gäste. Man leerte die Gläser auf das Wohl der Kameraden und war für Stunden ganz drüben in der Neuen Welt.

Lachend grüßten die rotwangigen Äpfel von den vollbeladenen Bäumen, die sich wie ein Kranz um das Bergdörflein zogen. Auch die Zwetschenbäume zeigten überreichlichen Behang. Der Bergwald hatte bereits sein grünes
Sommerkleid abgelegt und ein bunt gestreiftes Gewand angezogen. Hier und da hatte der Maler Herbst
große Kleckse in Rot, Gelb, Braun und Violett in das herbstliche Gewand des Waldes gezaubert. Es sah so aus, als hätte er hier seine großen Farbennäpfe mit besonderer Freude ausgeleert. Kahl lagen die Felder da. Die Burschen und Mädchen, aber auch die Alten des Dörfleins rüsteten schon zur Kerb, die in zwei Wochen nach alt hergebrachter Sitte gefeiert werden sollte.

Da trat im Berglenehofe eine freudiges Familienereignis ein. Der Stammhalter war angekommen. Darüber herrschte übergroße Freude im ganzen Hause. Sef war überglücklich und Seppl fühlte sich nun erst in seinem Vaterglücke als richtiger Mann. Glückstrahlend saß er am Bette seiner Sef, streichelte ihr zärtlich die etwas fieberroten Wangen und wandte keinen Blick von seinem kleinen Sprössling, der friedlich schlafend neben seiner Mutter lag und so ganz das Abbild Sefs und ihrer Mutter war.

Auch Sef strahlte in ihrem jungen Mutterglücke und ließ ihre tränenfeuchten Freudenblicke bald zu ihrem geliebten Seppl und dem kleinen Liebling gleiten.

Weich eingebettet lag sie in ihrem blütenweißen Bette. Unter ihrem Kissen lagen geweihte Palmzweige und Kräuter des Weihbüschels, die sie und ihr Kind nach altem Volksglauben vor schädlicher Unbill schützen sollten.

Zwar glaubte die junge Mutter selbst nicht mehr an die Schutzkraft der Kräuter, doch der alten Sitte wollte sie Genüge leisten, zumal es auch ihre Mutter wünschte. Auch Sefs Mutter und Vater hatten an ihrem Bette Platz genommen. Zu Füßen des Himmelbettes stand bereits die schön verzierte Wiege, in der schon Sef als Kind geruht hatte. Sie sollte demnächst auch dem kleinen Liebling des Hofes als Ruhe-und Schlafstätte dienen.

„Hannes und Seppl", sagte ruhig und ernst Margret, „dass ihr mir jetzt ja net, wenn jemand nachfragen sollte, etwas verborgt! Ihr wisst, vorm neunten Tag darf man nichts verborgen. Sonst bekommen böse Menschen Gewalt
über Mutter und Kind. Auch Besuch dürft ihr in dieser Zeit nicht zu Sef und unserem kleinen Bürschchen lassen. Macht mir nur kei Dummheiten. Nach dem neunten
Tage können die Nachbarn unsern Kleinen sehen!"

„Mutter, hab' nur kei Bang. Ich halt' schon alles, was Sef aufregen könnt', von ihr fern", gab Seppl zur Antwort.

„Morgen wird's getauft! Hannes, über den Namen seid ihr euch ja wohl einig. Bist der Retter, darfst auch den Namen bestimmen," erwiderte Margret.

„Da gibt's doch net viel zu überlegen! Seppl und Sef werden schon drüber gesprochen haben, denk' ich", sagte Hannes zu beiden gewendet.

„Ja, Vater", erklang leise Sefs Stimme, „wenn du nichts dagegen hast, wollen wir unser Büble Hannjob nennen!"

„Freilich ist mir's recht, Sef. Schön ist der Nam'. Der gefällt mir recht gut", gab freudig Hannes zur Antwort.

„Seppl, musst dann zum Pfarrer gehen und Geburt und Taufe anmelden. Wird ja wohl mit einverstanden sein", meinte Margret.

„Bald soll's getauft werden, unser Büble, damit ihm Hexen und böse Menschen nichts anhaben können. Wenn es wie sein Pädder wird, wird er tüchtig."

Dankbar lächelnd nickte Sef ihrer Mutter zu.

Seppl hatte sich in seinen Sonntaganzug geworfen und trat den Gang zum Pfarrhause an.

Häuschens Annegret sah Seppl die Hohl hinaufgehen, riss hastig das Fenster auf und rief ihm zu:

„Seppl, bist ja so festlich geputzt. Was is denn bei euch los? Hat's Zuwachs gegeben?"

„Ja, Annegret, ich will zum Pfarrer, will mei Büble, das heut Nacht ankommen ist, zur Taufe anmelden."

„Mein Gott, was e Glück!", schallte es zurück. „Da muss ich dir aber erst herzlich gratulieren. Aach der Sef und deinen Schwiegereltern richt' mein Glückwunsch aus. Was werden sich Hannes und Margret freuen! Die werden überglücklich sein! Wann is denn die Taufe?"

„Ich denk' morgen, wenn es dem Herrn Pfarrer passt", gab Seppl zur Antwort und setzte seinen Weg zum Pfarrhaus
fort.

An der Haustür des Pfarrhauses wurde er von der Haushälterin empfangen.

„No, Seppl, willste zum Herrn? Bist jo so froh gelaunt und festlich angezogen! Do is doch bei euch was Besonderes los", ertönte ihre laute Stimme. „Willst doch net Kindstauf anmelden?"

"Ja, Fräulein, ich will meinen Stammhalter zur Taufe anmelden. Ist der Herr Pfarrer droben?"

"Was e Glück, Was e Glück! Do muss ich dir erscht mal herzlich gratulieren", rief sie, und Freudentränen kollerten die Wangen herunter. „Was wird sich do äwer der Herr freue. Do will ich äwer gleich nuffspringe und ihm die Neuigkeit ausrichte."

Seppl folgte langsam der davoneilenden Haushälterin die ächzenden Stiegen hinauf. An der Stubentür wurde er von dem greisen, weißlockigen Pfarrherrn in Empfang genommen. In aufrichtiger Freude drückte er Seppl die Hand und sprach ihm seine Glückwünsche aus.

An dem großen Tische nahmen sie ihre Sitze ein. Auch die Haushälterin ließ sich zu ihnen nieder, so war sie es von jeher gewöhnt. Der Pfarrherr holte das Taufbuch aus seinem Bücherschrank und machte die Eintragungen.

„Hannjob soll es heißen und der Großvater ist Pate?", fragte er nochmals Seppl. Dann klappte er das Buch wieder zu und stellte es an seinen alten Platz. „Die Taufe ist dann morgen um drei Uhr."

"Do wird sich äbber Hannes freuen. Da hat e en dichtige Pädder. Oh die Margret, wird jetzt erscht noch emol jong", warf die Haushälterin dazwischen.

An den Trögen des Unterdorfes standen aber am anderen Tage die Wasserträgerinnen länger als an anderen Tagen. Gar viel gab es hier zu erzählen. Auch warteten sie auf den Taufzug, den von hier sie am besten bemustern konnten.

Das kleine hellklingende Glöcklein des Bergkirchleins ertönte und erinnerte die Dörfler daran, dass nun ein kleiner Erdenbürger in den Schoß der heiligen Kirche aufgenommen werden sollte.

Da kam auch schon der Zug vom Berglenehofe an und zog zur Kirche. Vorne schritt stolz die Hebamme, die alte Maddelene von Mernes. Schon seit vierzig Jahren bekleidete sie das Amt der Hebamme und hatte schon eine gan ze Generation des Bergdörfleins zur Taufe getragen. In ein prunkvolles Wickelkissen gehüllt trug sie behutsam den Sprössling des Berglenehofes. Über das Wickelkissen war eine zartrote seidene Decke gebreitet. Nach links und rechts nickte sie den zurufenden Berglern zu. Neben ihr schritten Hannes und Seppl im Spitzfrack und Zylinder.

Ein Myrtensträußchen zierte ihre Brust. Es schlossen sich die Verwandten ein. Nach altem Brauche zogen auch alle Frauen des Dörfleins mit zur Kirche. Wiederum erschallten wie bei der Trauung hinter den einzelnen Höfen die Glücksschüsse aus den alten Vorderladern.

Der feierliche kirchliche Taufakt war beendet. Vor den Kirchen???portalen und auf den Dorfstraßen aber standen die Bergler, ihrem jüngsten Vater herzliche Glückwünsche auszusprechen.

In der Stube des Berglenehofes angekommen, übergab die Hebamme Sef das Büblein mit den Worten:

„So Sef, da nimm nun dein Christenbüblein! Zu brav war's bei der Taufe. Net einen Muckser hat's getan! Das find' mer selten. Guck nur, wie's lächelt!"

Sef steckte ihren kleinen Liebling zu sich ins warme Bett. Ein glückseliges Lächeln warf sie Seppl und den Gästen zu.

„Nun setzt euch mal und greift tüchtig zu", forderte Margret alle auf. Taufe muss gefeiert werden. Der Taufgenter ist schon aufgeschnitten und ein guter Bohnenkaffee und Kuchen wartet auf euch. Lasst's euch recht gut schmecken."

Tage verrannen, Kerbsonntag rückte immer näher heran.
Am Kirsamstage holten die Kirburschen im Bergwalde
die schönste, zwanzig Meter lange Fichte, den Kirbaum.
Alle Äste waren beseitigt, nur die Spitze hatte man
grün gelassen, sodass der aufgestellte Kirbaum mit sei
nem grünen Fichtenbäumchen alle Häuser des Dörfleins
weit überragte. Die Kirmädchen aber hatten dieses Fichtenbäumchen mit schönen bunten Bändern verziert, die
nun lustig im Winde flatterten. Die Kirburschen hatten
sich beim Winkelwirten niedergelassen und tranken hier
feste die Kir an. Die Ploburschen besprachen die Ordnung für die zweitätige Kierfeier.

Sonntag Nachmittag begann die eigentliche Kirfeier.
Die Plo-und Kirburschen formierten sich vor der Winkelwirtschaft zu einem Zuge. Ihre Hüte waren mit bunten
Bändern geschmückt und oberste Plobursch trug ein bunt
geschmücktes Fichtchen, den Kirbusch. In einem Körb-
chen hatte er einen Kuchen und eine Flasche Wein. Voran schritt die Musik und unter flotten Marschweisen
setzte sich der Kirzug zum Pfarrhause in Bewegung im
Takte, fröhliche Jauchzer erschallten. Dem Pfarrer wurde
nach altem Rechte ein Ständchen gebracht und gesteuert.
Er musste ja nach bayerischem Rechte seine Einwilligung
zur Tanzmusik geben. Dann erst zogen Kirburschen und
Kirmädchen in geschlossenem Zuge zur Wirtschaft.

Im Hofe der Wirtschaft hielt der oberste Plobursch seine
Ansprache und steckte anschließend das Kirbüschchen
an der Giebelseite der Winkelwirtschaft in einen eisernen
Halter. Nun zogen alle zum Tanzsaale und die Musik
spielte den ersten Tanz für die Ploburschen auf. Lustiges
Treiben kam bald zum Ausbruche und bis zum frühen

Morgen wurde getanzt.

War nun der Sonntag mehr für die Jugend, so stellten
sich am Montagabend die Verheirateten vollzählig sein.
Es war ja nur einmal im Jahre Tanzmusik im Bergdörflein
und da wollten die Alten nach des Jahres schwerer
Arbeit auch einmal recht mitmachen. Sie saßen dann in
der Oberstube des Winkelwirtes bei Bier, Schnaps und
Äbbelwoi, ließen eine recht gemütliche Stimmung auf
kommen und gaben ihre Jugendstreiche und Schnurren
zum Besten. Aber auch das Tanzen wurde nicht vergessen, und wenn ein Rheinländer oder Dreher gespielt wurde,dann waren sie flink und gelenkig wie die Jungen,
wirbelten wie toll durch des Winkelwirtes Saal.

Hannes und Seppl nahmen abends auch an der üblichen
Kirfeier teil. Sef war ja wieder wohlauf, verrichtete ihre
täglichen Hausarbeiten, durfte aber als Wöchnerin in den
ersten vier Wochen nicht über die Hofreite gehen. An
keinem Brunnen durfte sie in dieser Zeit nach altem
Brauche Wasser holen, weil sonst das Wasser des Brun-
nens
unrein wurde. Sie war aber keinesweges verärgert,
dass sie an der diesjährigen Kirfeier nicht teilnehmen
konnte. Im Gegenteile, sie wünschte ihrem Seppl recht
viel Vergnügen.

„Dass ihr mir aber ja mit unseren Flachsarbeiterinnen
tanzt", rief sie beiden beim Verlassen der Stube zu.

Auch Magret schloss sich dieser Mahnung an, saß an
der Wiege, schaukelte den kleinen Hannjob und sang
dazu das Wiegenliedchen, das sie schon Sef gesungen

hatte.

Schlaf, Kindchen, schlaf!

Doi Vater hüt die Schaf,

doi Mutter sitzt im Kämmerchen

on flickt em Kend soi Hemderchen.

Schlaf, Kindchen schlaf!

Als die beiden Berglenebauern die Wirtschaft betraten,
wurden sie mit Hallo empfangen. Das Händedrücken
nahm kein Ende. Die Musik spielte eine Extratour und
Hannes und Seppl wirbelten mit ihren Tänzerinnen durch
den Saal.

Jahre waren vergangen. Die alten Bauern des Bergdörfleins hatten sich alle in ihre Auszugsstuben zurückgezo
gen, der jüngeren Generation die Höfe übergeben.
Nicht zum Nachteil des Dörfleins wirkten sich die Guts-
übergaben aus. Überall konnte man auf den Äckern und
Wiesen der Dorfgemarkung Verbesserungen und neuere
Anbaumethoden beobachten. Reichlicher fielen die Ernten aus, gepflegter und besser im Fleische stand das Vieh
in den Stallungen, gesteigert war die Milcherzeugung.
Der Wohlstand des Dörfleins hob sich von Jahr zu Jahr.

Auch die Verwaltung des Bergdörfleins war in die
Hände der neuen, fortschrittlicheren Generation überge-
gangen.

Auf allgemeinen Wunsch der Dorfbevölkerung
war Seppl zum Bürgermeister gewählt und ernannt worden.

Kaspar versah das Amt des Gemeindeältesten. Max,
Franzl und die übrigen Kameraden Seppls waren in der
Gemeindevertretung tätig.

Gar viel war aus früheren Jahren nachzuholen. Doch
die neue Gemeindeverwaltung arbeitete planmäßig zum
Wohle des Bergdörfleins. Nach langen, schweren Ver-
handlungen mit dem bayerischen Fiskus wurde endlich
von demselben eine feste Straße durch den Wald hinauf
zum Bergdorfe gebaut, dieses so an die Hauptverkehrs-
ader des Kinzigtales angeschlossen.

Harte Kämpfe wurden um die Holzgerechtsame, die der
bayerische Staat streitig machte, geführt. Ein mehrjähri-
ger Prozess mit dem Fiskus brachte hier erst in dritter
Instanz endgültige Regelung. Das alt verbriefte Hüterecht
im Staatswald und das Wasserrecht zur Berieselung der
Klingwiesen musste zäh verteidigt werden. Doch alle, aus
Vorväters Zeiten übernommenen Rechte musste der Fiskus den Dörflern lassen.

Im Berglenehofe aber war seit dem Einzuge Seppls
auch das Glück eingezogen. Es fehlte nicht an Unterhaltung für die Großeltern. Zwei frische, gesunde Buben und
ein pausbäckiges Mädchen beschäftigten voll und ganz
Hannes und vor allem Margret.

Allabendlich saß sie in Großmutters Lehnstuhl am Kachelofen, schaukelte den jüngsten Buben in der Wiege,
sang ihm die schönen Kinderliedchen oder erzählte allen

schöne alte Märchen. Hannes aber hatte seinen Paten auf den Knien, ließ ihn darauf reiten und sang dazu:

Hoppe, hoppe, drill,
der Bauer hat e Füll.
Das Füllchen will net laufen,
Der Bauer will's verkaufen.

Vergnügt lachte dann der schon zu einem kräftigen Jungen herangewachsene Hannjob. Ihm machte es immer besonders großen Spaß, auf Großvaters Knien reiten zu dürfen.

Zufrieden schauten Seppl und Sef dem harmonischen Treiben zu, verrichteten ihre abendlichen Arbeiten und pflegten mit ihren Eltern und Kindern echten Familiensinn.

Aber auch in Amerika waren die Neubürger aus dem Bergdörflein infolge ihres Fleißes zu angesehenen Bürgern der Freien Staaten geworden. Ihre Familien waren im Wachsen begriffen und die Verbindung mit der alten Heimat riss nie ab. Glück und Wohlstand reichte den Alt- und Neubürgern des Bergdörfleins und den Ausgewanderten gemeinschaftlich die Hand, bildete die feste Brücke zwischen der Alten und Neuen Welt.

E n d e

JOSEF PAUL

Josef Paul wird als achtes Kind von zwölf Geschwistern am 13. April 1896 in Hainzell bei Fulda "im Schulhaus" geboren. Vater Anton leitet dort die Hauptschule. Er stammt aus Ginseldorf bei Marburg; Mutter Franziska geb. Lauer aus Hauswurz bei Fulda.

Sohn Josef besucht die Schule in Hainzell und zusätzlich die Lateinschule im Nachbarort.

1910 beginnt Josef Paul seine Ausbildung im Lehrerseminar in Fritzlar. 1913 erfolgt sein Wechsel ins Fuldaer Institut zur Fortsetzung des Lehrerstudiums, wo er 1915 die Lehrerprüfung ablegt.

1914 hat sich Paul bereits als Freiwilliger zum Kriegsdienst gemeldet. Nach seiner Wehrausbildung 1915 in Kassel wird er dann von 1916 bis Kriegsende in Frankreich eingesetzt.

Trotz einer ersten Lehrervertretung 1920 in Eckweis-
bach/Rhön wird sich seine Erststelle als Lehrer bis 1922
hinziehen - "Ältere und Flüchtlinge aus besetzten Gebieten" werden bevorzugt.

Nachdem er 1924 die zweite Lehrerprüfung absolviert
hat, folgt seine Anstellung als Lehrer in Alsberg.

Das katholische Alsberg wird ihm zur zweiten Heimat.

Hier heiratet er am 23. Mai 1926 Rosa Theresia, am 3.
Dezember 1895 geborene Tochter des Landwirts Ludwig
Reis. Kontinuierlich setzt sich Paul nun für "sein" Dorf
ein: er initiiert den Neubau des Schulhauses im Jahre
1927, spielt in der Kirche die Orgel und erforscht in
seiner Freizeit die Geschichte von Alsberg. Viele hei-
matkundliche Veröffentlichungen werden später seinen
Namen als Quelle nennen. Sein Nachlass, aus dem auch
das Manuskript des vorliegenden Romans stammt, ist bis
heute eine Fundgrube für die Heimatgeschichte.

Bis 1945 war Josef Paul im Dorf als Lehrer tätig
gewesen. Als Parteimitglied der NSDAP von Mai 1933
bis 1945, das zudem das Amt eines Pressewartes beklei-
det hatte, verliert er seine Lehrtätigkeit. Im April 1947
beschließt die Spruchkammer Gelnhausen, Paul von
Gruppe III ("Minderbelastete") in die Gruppe IV ("Mit-
läufer") einzuordnen. Entlastungsschreiben verschiede-
ner ehemals Verfolgter hatten für den Wandel gesorgt.
Erwiesener Maßen hatte Paul Juden Unterkunft geboten
sowie das Kind eines politischen Häftlings in Pflege
genommen. Selbst der Schulrat setzt sich ein: Paul sei
ein "vorzüglicher Lehrer", dessen Wiedereinsetzung er-
wägenswert sei.

Noch im selben Jahr nimmt er den Schuldienst in Bembach/Freigericht auf und bleibt bis zu seinem Tod am 30. Januar 1960 dort Hauptschullehrer und Schulleiter.

Josef Paul wird als begabter Pädagoge geschildert, der bei den Kindern sehr beliebt war.

Die Pauls waren ohne eigene Kinder geblieben. Rosa hatte Ende der 1920er Jahre eine folgenschwere Fehlgeburt erlitten. 1939 kam Pflegekind Annie zu den Pauls. Ihr Vater hatte Buchenwald und Auschwitz überlebt, war aber kurz nach Kriegsende an den Folgen der KZ- Haft gestorben. Annie verblieb in der Obhut der Pauls. Sie lebt heute in der Bretagne.

Josef Paul wurde seinem Wunsch gemäß in seinem Geburtsort Hainzell beerdigt. Seine Frau Rosa zog nach dessen Tod in ihre Heimat Alsberg zurück, wo sie am 7. März 1976 verstarb und ihre letzte Ruhe fand.

Christine Raedler

(nach Josef Pauls Lebenserinnerungen, Dokumenten aus seiner Spruchkammerakte im Hessischen Hauptstaatsarchiv Wiesbaden, Abt. 520 Ge Nr. 1226/1 [Karton 30], und den Auskünften seiner Pflegetochter Annie Sourflais in der Bretagne.) Foto: Privat